日《ひ》比《び》留《る》の海

高見沢功

歴史春秋社

目次

一　アライバル……4
二　プレパレイション……15
三　トランジット……37
四　アイランド……52
五　ホテル……61
六　プール……91
七　ビーチ……97
八　ファーストカット……110
九　スシ・バー……147
十　プラックティス……162
十一　シューティング……174
十二　バトル……197
十三　コンフェション……207
十四　レバレイション……217
十五　ヒビルズ　オーシャン……224
参考文献・引用　234
後書き　235

この作品はフィクションです。

日《ひ》比《び》留《る》の海

一　アライバル

気が遠くなるほど遥かな昔、赤道に近い南海の島で火山の女神は生まれた。女神は自分が生まれた島で、激しく火山を噴火させた。身体《からだ》を震わせながら、女神が生まれた島は海に沈んだ……だが、島は生命を失ったわけではなかった。太陽の光が届かない闇の海底で、ひっそりと、けれども強靭に呼吸を続けていた。

やがて海底の暗闇の中に、チロチロと蛇の舌のような一筋の赤い溶岩の流れが現れた。赤い蛇の舌は生まれては消え、消えては生まれるという明滅を繰り返しながら、次第に枝分かれしてその数を増していった。暗黒の世界の中で、周囲を真っ赤に染めながら島は徐々に眠りから覚めていった。何十万年、何百万年という年月を重ねながら……

海底火山が噴火した時、最初に海面から顔を出したのは巨大なクレーターだった。クレーターは海から出て一呼吸すると、荒々しくオゾンを吸い込み、代わりにその中心部から大量の溶岩を吐き出して、自らを埋めていった。クレーターを埋め尽くした溶岩は留まるところを知らず、島から溢れ出て海に流れ込んだ。

膨大な量の雨が島の発熱を治め、数百万年という歳月が大地を削り、岩を研いで、天に向かって屹立するサメの歯のように鋭い巨石群を造り出した。

やがて、女神の呪縛から解き放たれた不毛の島に、少しずつ植物の種子が運ばれ、羊歯《しだ》や蔦《つた》や樹木が育っていった。独特の植物に覆われ、花が咲き乱れるようになった島に、様々な鳥たちが生まれ、鹿や山羊が生息する美しい緑の楽園が誕生した……

シューッ……シューッ……ＵＡ（ユナイテッド航空）八二二便・ボーイング七四七ジャンボの窓越しに、翼の先端から発生する白い気体の流れを見つめていた滝沢悟《たきざわさとる》は、その音を翼が発する風切り音だという錯覚に陥っていた。だが、二重になった楕円形の、分厚い透明アクリルを通過して外界の音が聞こえてくるはずもなく、それは与圧と換気のために客室に送り込まれる空気の音に他ならない。プロマネ（プロダクション・マネジャー）として何度もＴＤＡ（ティーディーエー）東都国内航空のＴＶ-ＣＭ（ティーヴィーシーエム）に携《たずさ》わり、他のクライアントのロケハンやロケでも、マクドネル・ダグラスＭＤ-81やダグラスＤＣ９にしょっちゅう搭乗していたはずなのに……

睡眠不足のせいで疲弊《ひへい》し、混濁《こんだく》する頭で、滝沢はこれからの仕事を想像し、自分のやるべきことを整理しようとした。しかし、意識が朦朧《もうろう》として自分の働いている姿を思い描くことはできなかった。白いだけで何も見えない、深い霧の中を彷徨《さまよ》い歩くようだった。

耳の底で小さな羽虫が飛び回っている。それは突然、人の声となって沸いてきて、滝沢の神経を昂《たかぶ》らせた。

「……もしもし……黒田《くろだ》……オルコの黒田だけど……」

鼻の下に髭《ひげ》を生やし、坊主刈りにした小柄な黒田康彦《やすひこ》から電話がかかってきたのは、つい一五時間前だったのに、三日も四日も前だったような気がする。

「……あのさァ、向こうで最終日にパーティーをやりたいんだよな。そう、打ち上げ。だから材料を買って持っていって。皆《みんな》日本食が恋しくなるはずだから。アア、蕎麦《そば》と素麺《そうめん》、当然汁《つゆ》もな……それから、旭日《きょくじつ》ビールと、必ず旭日ビールにしてくれよ、旭日ビールも半分以上俺がやってるから」

「あの……蕎麦とか素麺、旭日ビールも、向こうで買っちゃダメですか……」

「向こうの蕎麦とか素麺はまずいんだよ。汁だって醤油を薄めただけみたいな味だしな」

「……わかりました」

「旭日ビールは本社の販売コーナーに買いに行ってくれ。電話しとくから。そうだな、四八缶頼んどくわ」

「……そうですか」

「あ、それからナ……日本酒。緋桜《ひざくら》な。特級二升。山地《やまち》が営業担当で、お前んとこでＣＭ作ってんだろ。山地が向こうで緋桜で乾杯して、その写真をスポンサーに見せたいんだとよ。全くごますりもあそこまでいくと、表彰もんだよ」

「……瓶はエアカーゴで送れないので、手荷物になってしまうんですよ……」

「二升ぐらい何とかなるだろう。お前が持ちきれなければ、成田からは山地に運ばせたっていいし……」

日本橋にある広告代理店オルコのクリエイティブ・ディレクター、黒田は用件を伝えると、滝沢の返事を待たずに電話を切った――

ほとんどの乗客が眠りについた静かな機内に、突然、ファンという音が弾けて滝沢は現実に引き戻された。頭上でシートベルト着用のサインが点灯していた。

「Ｆａｓｔｅｎ ｙｏｕｒ ｓｅａｔ ｂｅｌｔｓ！」

「Ｆａｓｔｅｎ ｙｏｕｒ ｓｅａｔ ｂｅｌｔｓ！」

青い眼をした銀髪の中年のスチュワードと、大柄な黒人のスチュワードが、交互に声を掛けながら、乗客のシートベルトを点検して歩いている。

ガタガタという機体の揺れはなく、急激な降下もない。乱気流やエアポケットではなさそうだった。


滝沢は以前、Ｋ＆Ａ（ケーアンドエー）国府《こくぶ》のロケ地交渉で、女満別空港《めまんべつくうこう》からＴＤＡのＹＳ‐一一《いちいち》に乗ったことがあった。

ＹＳが離陸して間もなく、雲の中に入ったと思ったら、スチュワーデスから受け取ったばかりの紙コップが、オレンジジュースを噴《ふ》き上げた。急に降り始めたエレベーターのように、ガクンと機体が落下して身体がシート座面に押し付けられた。

こぼれたジュースの量は大したことはなかったが、恐縮したスチュワーデスはすみません、すみませんと言いながら大慌てで、後部ギャレーに走っていった。

揺れる通路によろめきながら、二本のおしぼりを握りしめて戻ってくると、滝沢のジーパンの太腿《ふともも》部分を拭き始めた。穿《は》き古したよれよれのジーパンを拭《ふ》いてもらうのが心苦しくて、滝沢はおしぼりを受け取ると、自分で拭いてすぐにスチュワーデスに返した。

「まことに申し訳ございませんでした……」

「……大丈夫ですから」

両手を揃えて丁寧《ていねい》にお辞儀《じぎ》をするスチュワーデスに、滝沢はもっと気の利いた言葉を掛けられればよかったと思った。お気になさらないでくださいとか、お手数をお掛けしましたとか――

大丈夫というのは自分のことを言っているだけで、ぶっきらぼうだった……

そのスチュワーデスは、滝沢が降りるときに、お子様にお配りしている物ですが、と言ってビニール袋に入ったＹＳのプラモデルをくれた。

嬉しかった。仕事以前に航空機ファンでもある滝沢は、四発の大型ジェットよりも、乗降時に天井に頭をぶつけそうになる、国産ターボプロップ五六人乗りＹＳ‐一一に愛着を感じていた……

ジャンボはゆっくりと下降していた。揺れることもなく緩《ゆる》やかに左旋回しながら、巨大な弧を描いている。

高度を下げたジャンボの窓の下には、果てしない海が黒々と広がっていた。闇の海と一線を画して、水平線から上は深い青みを帯びた空が彼方まで続いている。夜明けの空は海よりも明るかった……

――軌道は彼方へ。ＴＤＡ東都国内航空――

突然、二年前に滝沢が考えたキャッチコピーが脳裏《のうり》に浮かんだ。

……軌道って言葉は汽車や電車のレールのイメージだよな、どっちかっていうと……

……彼方へって硬くないか？ひらがなの方がいいんじゃねえの……

……漠然とし過ぎ……

……カタカナを使ってもっとカッコよくできない？ダサいし、古い……

赤坂にある東京エージェンシーのクリエイティブ・ディレクターやプロデューサー、デザイナー、コピーライターから批判された。そして、スポンサーの前で何か発言しないとまずいと感じたらしい営業マンからは、こんな意見が出された。

……彼方へ、で終わると尻切れトンボの感じが残りますし、お客様に対して失礼ですから、軌道は彼方へ続いています。ＴＤＡ東都国内航空にしたらどうでしょう……

営業マンの膳場紘一《ぜんばこういち》が、スポンサーである佐島良子《さじまよしこ》の顔色を窺《うかが》いながら上目遣《うわめづか》いに言った。

――伸び往く翼。ＴＤＡ東都国内航空――

……翼が伸びるのか。あははは。いいかも……

……自ら発展途上って言ってるようなもんだな……

……ちっとも広がりが感じられないんだよな……

……お客様のことを考えると、翼は伸びています。ＴＤＡ東都国内航空の方が丁寧で、現在進行形である分だけ御社《おんしゃ》の熱意と勢いが伝わるような気がしますが……

それまで黙ってさまざまな意見を聞いていたＴＤＡの女性広報課長・佐島良子が、おもむろに話し出した。

「藤田《ふじた》さん」

「はい？」

「キャッチコピーを決める会議は、今日で何回目ですか」

「えーと、えー、確か、四、四回目だと……」

「五回目です。その間《かん》東京さんからは何の提案もありません。三木《みき》プロさんから上がってきたものに対してああだ、こうだとクレームをつけるだけです」

しどろもどろに答える東京エージェンシーのコピーライター・藤田孝《ふじたたかし》に、スチュワーデス上がりの広報課長・佐島がぴしゃりと言った。スチュワーデスからスチュワーデスの教育課長になり、今は広報課長としてTDAの対外的窓口に立っている。

「佐島さん。我々は少しでもTDAさんにとっていいキャッチコピー——」

「もう結構です。滝沢さんは他社のコマーシャルのロケでも、TDAを使ってくれています。いつもお忙しそうです。これ以上負担をかけるべきではありません」

佐島は東京エージェンシーの営業マン膳場の言葉を遮《さえぎ》って、言い放った。

「——伸び往く翼。TDA東都国内航空——これでいきましょう」

ありがたかった。滝沢はコピーライターではない。三木プロのプロマネ兼演出助手兼企画助手である。今回はTV-CMの企画の一環として、サウンドロゴ前の企業名にかかるコピーも「ついでに」と求められた。それがいつの間にか企業全体のキャッチコピーとして、何度も出し直しさせられていた。

荷が重かった。寝ても覚めても満足できるコピーが思い浮かばず、眠れない夜が続いた。やっと思いついたコピーを提案しても、担当者から次々に否定され、採用されることはなかった。そしていつも言われた決まり文句。

「もっと他にないの？」

苦しかった。ＴＶ-ＣＭの企画が採用されて制作が決定すると、企画費は制作費に含まれてしまい、当然のごとくキャッチコピー費も支払われなかった。ぎりぎりまで値切られた見積り額の中では、適正な利益を出すことも難しく、支払期限が九〇日後という約束手形では、三木プロの経理役員が長過ぎるサイトに渋い顔をした。

何度も見積り書を出し直しさせられ、制作費を値下げさせられ、制作を終えてその月末に締め、請求書を出し、翌月に手形を受け取りに東京エージェンシーの経理窓口に並び、市ヶ谷に戻ると三木プロの経理の女性に渡した。そして現金化されるのはその三カ月後、最初の打ち合わせから半年たってからだ。

その間、打ち合わせ、企画、ストーリーボード制作、ラフコンテ提出、演出コンテ提出、ロケハン、スタッフ打ち合わせ、タレント・オーディション、スタッフの交通、宿泊、ギャラ、小道具、消耗品、飲み会の費用まで全てＣＭプロダクションが立て替えなければならない。それは、激しい競争の中で他社を蹴落《けお》とし、仕事を獲得しようとするCMプロダクションの宿命だった。

TV-CM以外にR-CM（ラジオシーエム）、駅貼りのポスター、雑誌や新聞広告などでも——伸び往く翼。TA東都国内航空——のキャッチコピーが聞こえてきたり、目についたりした。会社の利益にはつながらなかったが、経験の浅い自分が考えたコピーを、街で観たり聞いたりするのは嬉しかった。悩んだかいがあったと思った。大学を出てたった三年、だが長かった三年。二五歳の自分の仕事が日の目を見る——この業界でなければできないことだった……

下降し続けるジャンボの窓から、滝沢は上空を見上げた。

青から群青《ぐんじょう》、群青から藍《あい》へと凄《すご》みを増していく上空には、ビーズをばらまいたように細かい星が瞬《またた》いている。星の瞬きが遮られて見えなくなっている水平線が、海の表面だ。海は深紫《ふかむらさき》の光の中にその境界を示し始め、わずかに顔を覗かせた太陽が、暗い海を金色《こんじき》に染め始めた。太陽の光を受けて黄金色《こがねいろ》に染まったちぎれ雲が、一日の始まりを厳《おごそ》かに告げている。

重苦しい七時間だった。ここ二週間余りの慌ただしさと睡眠不足による疲労が、身体《からだ》に沈殿していた。成田を離陸したのは昨夜の七時だったが、得体の知れない不安と苛立《いらだ》ちで、滝沢は、ほとんど眠れないまま朝を迎えようとしていた。

二　プレパレイション

昨日《きのう》の朝、滝沢は六時半に出社した。まだ薄暗い五時半に、浦安《うらやす》のアパートを会社の機材車であるハイエースで出た。一般道を抜けて首都高速へと乗り入れる。

紫色の空が下から白み始めると、夜間照明灯のオレンジの明るさが力を失っていった。

空中を走る高速道路からは、ビルの夜間照明が青白い光を放っているのが見えた。走っているのは大型トラックが多かった。夜明けの高速道路は合流地点での渋滞もなく、スムースに流れている。

竹橋《たけばし》で高速道路から降りると、人気のない外堀通《そとぼりどお》りを市ヶ谷に向かった。一〇万キロ近く走っているワゴン車は振動が大きく、エンジン音もうるさかった。

市ヶ谷駅近くの住宅街は、青みを帯びて静まり返っている。

滝沢の勤務するＣＭプロダクションは、市ヶ谷駅の裏手、崖上《がけうえ》に建つマンションの五階にあった。カーサ市ヶ谷という八階建てのそのマンションは、半数がオフィスで半数は一般の住宅だ。

地下には、パントマイムで有名な女性が主宰する、ダンススタジオがある。

日が昇る前の薄暗がりの中で、六台分しかない狭い駐車場の一番奥にワゴンを入れた。ライトを消してエンジンを止める。大きな音を立てないようにドアを閉める。五階のオフィスまで、スニーカーの踵《かかと》を浮かせて階段を駆け上がる。

地下鉄やビルの中、会社があるマンションでも、滝沢はエスカレーターやエレベーターを使わなかった。地方で育った滝沢には、東京での生活は生温《なまぬる》く感じられた。階段を駆け上がることで、だらけがちな身体に刺激を与え、運動不足も解消したかった。

二度続けて鼻から息を吸い込み、口から二度に分けて短く吐き出す。

スッスッ、ハッハッ、スッスッ、ハッハッ……長距離走の呼吸だ。二二歳で入社以来、四年間続けてきた滝沢の健康法、というより癖……

出勤や登校でマンションのエレベーターが混み始める七時半前に、会社がある五階からロケ用の二〇個余りの荷物を一階まで下ろして、機材車に積み込まなければならなかった。

三五ミリアリフレックスⅢ型《さんがた》カメラで一個、二四ミリ〜八五ミリまでの単玉《たんだま》と呼ばれるファーストレンズの四本セットで一個、一〇倍のズーム・スーパーシネバロタールで一個、四〇〇フィートマガジン二つで一個、その他ハイスピード用のバリアブルモーターやバッテリー、チャージャー、ヘッドなどでジュラルミンケースが合計八個。

大小のロンフォードの三脚が入った黒い円柱形ハードケースが長短二個、撮影部の機材だけで一〇個になった。

それ以外にレフやミラーなどの照明機材……衣装……小道具ボックス……ＥＫ《エクタクローム》三五ミリカラーネガ四〇〇フィート巻きフィルム一〇巻が入ったフィルムボックス、商品のサングラスやセーム皮、調整用精密ドライバーが入った商品ケース……など照明機材や衣装、小道具、商品関係だけで六個の荷物。その他黒田に言われた打ち上げ用のビールや日本酒、蕎麦に素麺、汁、ＡＴＡ（エイティーエイ）カルネやＴＣ（トラベラーズチェック）、航空券、一三名分のパスポート、機材リスト、ＡＩＵ（エイアイユー）の保険証、国際免許証、香盤表、関係連絡先、レターヘッド、そして滝沢個人のわずかな着替えと日本円……

五〇四号扉《とびら》の鍵を開けると、ドアの下にゴムのストッパーをかませる。フィルムボックスを持って廊下に出る。エレベーターの前に来ると、階数表示ランプが八階で止まっていた。新聞配達の中年の男だろう。新聞配達の男は毎朝八階へエレベーターで直行すると、各ドアの新聞受けに新聞を差し込みながら、歩いて一階まで降りていく。

滝沢は下行きのボタンを押して、エレベーターが下りてくるのを待った。

「……お早うございます」

背後で男の声がした。

「ア、お早うございます」

滝沢は振り向くと慌てて挨拶を返した。

「早いんですねェ。ロケですか?」

男が新聞を手渡しながら聞いてくる。ロケという言葉を自然に使ったところをみると、滝沢の仕事を知っているようだ。

痩せて疲れた感じの男は、眼の下に隈《くま》をつくり生気《せいき》のない顔をしていた。案外若いのかもしれない。だが、白髪交じりの短い髪と病的に黒ずんだ顔、くすんだようなポロシャツが男を老けさせている。

「エエ……ロケなんです」

滝沢はふと、この人も以前は自分と同じような仕事をしていたのかもしれないと思った。

下りてきたエレベーターが止まった。男はその階の三戸《さんこ》に新聞を差し込み、歩いて四階へ降りていく。

滝沢は開いたエレベーターのドアをフィルムボックスで押さえると、新聞を手にしたまま、他の荷物を取りに急いで部屋に戻った。

ジャンボの暗い窓に男の顔が映っている。少しやつれた若者の顔。精彩を欠いたその顔が何か言いたそうに口を開く。が、声は聞き取れない。窓に顔を着けるようにしてその声を聞こうとすると、顔はスーッと消えてしまった。代わりに声が聞こえた。

――ロケですか?――

――ええ、ロケなんです――

――大変ですね――

――好きでやってる仕事ですから――

滝沢は頭の中でもう一人の自分と話していた。もう一人がつぶやくように言った。

――いくら好きでも辞めたくなることもあるんじゃないですか――

ココロデ……スキト……サケンデモ……何の感情も含まれないその音が、唐突に女性の歌声に変わった。

――こころで好きと叫んでも――

その曲を歌っていたベテランの女性歌手・島影八千代《しまかげやちよ》は、歌謡界の大御所であるにもかかわらず、もう一人の「女王」と呼ばれる歌手とはまるで雰囲気が違っていた。「女王」は地声と裏声を自在に使い分け、巧みな表現力で聴衆を魅了した。しかし、滝沢は「女王」の貫録や粘り気が好きになれなかった。「女王」に比べると、島影の歌唱は明るく軽く、歌謡曲なのにポップスのようなテイストがあった。憂いやもの哀しさも……


「お幾つ?」

「二四《にじゅうよん》です」

「ということは、昭和二八年生まれ?」

「二九年の早生まれです」

「若いのね……」

……あかく咲く花　青い花ァ――

島影がつぶやくように唄い始めた。アカペラの愁いを帯びた声……

――よろこび去りて　涙はのこるゥ――

――夢は返らぬ　初恋の花ァ……

「二四年前のデビュー曲よ……」

「知ってます。『この世の花』ですよね」

「嬉しい……若い方が知ってたなんて……」

「お待たせしました！照明準備できました！」

照明部のチーフ助手が言いに来た。

「それじゃあ、お願いします」

滝沢は島影に一礼すると、いつもよりも距離を取って、島影の顔の前でカチンコを静止させた。着付けの女性が島影の着物の裾を直す。小道具係が贈答の風呂敷包みを島影に持たせると、直ぐに捌《は》ける。

島影の背筋が伸びた。視線が撮影所のステージの書き割りの雲に向けられている。遠くを見つめるような澄んだ視線。白い着物が初々しく見える。滝沢は失敗しないように、いつもは片手で持つカチンコを両手で持った。

「シーン三《スリー》、テイク一《ワン》、スタンバイお願いします。同録《どうろく》です……」

滝沢の声で東邦撮影所《とうほうさつえいじょ》第八ステージが静まりかえった。ちょっとした体育館ほどの空間が張りつめた空気に包まれる。緊張・沈黙・静寂……

演出の谷村雅彦《たにむらまさひこ》の掛け声を待った。

「用意……」

回り始めた三五ミリミッチェルが、ジーッとフィルムの回転音をたてる。

「スタート……」

谷村の冷静で低い声が発せられた。

バチン！チョークの粉が島影の顔の前で舞わないように、慎重にカチンコを叩く。叩くと同時に姿勢を低くすると、急いでセットの上手《かみて》に逃げた。

島影が五歩歩《ごほある》いて、立ち止まる。ふと、空を見上げて……あ——

「カット！」

バチ・バチン！滝沢はカチンコを二度叩いた。

「キープ……」

谷村の声。ステージの中の誰もが谷村の次の言葉を待っている。

「島影さん。一瞬、空を見上げたら、視線を直ぐに下手《しもて》に向けましょうか。立ち止まったまま一カ所だけを見ると、段取りっぽく見えてしまいますので。すみませんが……」

谷村の口調は丁寧だが、大歌手の演技に対しての注文である。滝沢はハラハラした。

「はい、解りました。もう一度やらせてください」

島影は素直に谷村の指示に従った。スタート位置に戻る。

「シーン三、テイク二《ツー》、スタンバイ。同録です……」

スポンサーの宣伝部、広告代理店の営業、クリエイティブディレクター、CMプロダクションのプロデューサー、制作、フリーの演出、撮影部、照明部、録音部、撮影所の営業、ステージ付き、美術部、小道具、着付け、結髪《けっぱつ》、化粧、島影のマネージャー、付き人など総勢三五名のスタッフが息を止める。緊張が走る。

広い第八ステージが水を打ったように静まり返った。

「用意……」

ジーッというミッチェルの回転音。

「スタート……」

谷村の沈着な声。

バチン！滝沢はカチンコを叩くと同時に、上手《かみて》に走ってセットの陰に身を潜めた。

島影が五歩歩く。立ち止まって空を見上げ、直ぐに視線は下手の空に……あ――

「カット!」

バチ・バチン!滝沢は条件反射のようにカチンコを二度叩いた。

「OK……」

谷村の言葉は滝沢の予想通りだった。滝沢は『あ』の発声が難しいと思っていたのだが、島影は小さな驚きをもって、素直に明るく発声した。高い歌唱力が役に立っているのかもしれない。喉からではなく、もっと深い所からの意外性……『あ』――

次のカットでは、島影を見下ろす俯瞰《ふかん》のアングルで、島影が思わず上に向けた手のひらに細雪《ささめゆき》が舞うカットを撮る。細雪は後で合成だ。

「照明を変えます。二〇分ほどかかります。島影さんは休憩してください」

島影は抱えていた風呂敷包みを小道具の女性に預けると、控室へと向かった。

滝沢は、子供の頃、母親が近所の女性と話していた有名歌手が目の前にいることに、違和感を覚えていた。はるか遠くの存在だった歌手と、一緒に仕事をしている。田舎のテレビで見ていた歌手が、自分に話しかけてくれる。これは現実なのだ。つくづくこの仕事についてよかったと思った。

ピーン！

「……アテンションプリーズ……アテンションプリーズ……ユーキャンシーザ……ユアレフトサイド……アンドウィーランドアット……インターナショナルエアポート……アフターフューミニッツ……」

英語のアナウンスが聞こえてきた。ところどころ聞き取ることができた単語によると、左手に市街地が見え、ジャンボは間もなく国際空港に着陸するようだった。

滝沢は左手の窓から下界を見た。窓に自分の顔が映っていた。覇気《はき》がない顔……

自分の顔が消えた窓の下方に、光り輝く広大な街が横たわっていた。緑や青の蛍光色に彩られた市街地は、光が乱舞していて見事だった。それは硬質な造形美で、雪国で生まれ育った滝沢にとっては、眩《まばゆ》い都会の美しさだった。

ジャンボはライトアップされたテーマパークのような眼下の空港目指して、海底に舞い降りるように、ゆっくりと大きく旋回しながら沈降《ちんこう》していく。

大量の機材を積載したエレベーターが、その重量に耐えながらゆっくりと下降していく。ズン、と軽い衝撃の後でエレベーターが停止した。ドアが開いて冬の朝の冷気が吹き込んでくる。フィルムケースでエレベーターのドアを押さえる。急いでロボットのはらわたのような様々なジュラルミンケースを運び出す。最後の一個を運び出すと、空になったエレベーターを五階に向かわせる。自身は階段を静かに駆け上がる。踵を浮かせながら。
エレベーター前に部屋から荷物を運び出し……エレベーターのドアを開けたまま荷物を積み込み……一階に着くと荷物を下ろし……玄関に移動させた機材車に二二個の荷物を積み終えた時には、七時を大分過ぎていた。額に汗が浮かんでいる。

眠りから覚めた街がざわつき始めた。マンションの裏手、崖下にある市ヶ谷駅からは、アナウンスやベルの音がひっきりなしに聞こえてくる。一日の始まりだ。
大量の荷物を積み終えて熱をもった身体に、冷たい冬の風が心地よかった。額や耳の後ろにかいた汗が、ひんやりと気持ちよく乾いていった。

駐車場に機材車を入れて部屋に戻ると、分厚いファイルを広げる。一三名分の往復の航空券、

ＡＩＵの海外旅行保険カードと手帳、ＡＴＡカルネ、価格から原産国まで英文で記入された総合物品表、スタッフリスト、スケジュールとともに関係各所の連絡先が記された香盤表、ＭＩＫＩＰＲＯの社名入りレターヘッド、社封筒、島の地図とガイドブック、そして谷村が描《か》いた演出コンテ……

書類ファイルをスポーツバッグにしまう。バッグの中には他に多少の着替えと洗面用具、ビーチサンダル、競泳用ゴーグル、そして単行本が二冊――重兼芳子《しげかねよしこ》「やまあいの煙」と森禮子《もりれいこ》「モッキングバードのいる町」……

別の文庫本を四、五冊持っていく考えも頭をよぎったが、もし時間があれば読みたい本をじっくり読むほうがいいと思い直した。単行本二冊のスペースと重さは勿体ない気もしたが、東京とは違うゆっくりとした時の流れを楽しめるかもしれない。

着替えは下着とＴシャツ、短パンが三枚ずつ。衣類はできるだけ少なくして、毎日撮影が終わってから洗濯したり、向うで買ってもいいと思っていた。

滝沢の肩書きはプロマネだったが、今回の仕事ではさらにプロデューサーであり、ディレクターであり、ツアーコンダクターでもあらねばならなかった。分業が進んだＣＭの世界では珍しいことだったが、弱小プロダクションの宿命でもある。値切りに値切られた低予算でCMを作るには、自分たちの人件費と旅費と宿泊費を削るしかない。人件費を削るということは、一人で何役もこなさなければならないことを意味する……

書類の厚みの分だけ仕事があった。気が重かった。これまでに様々なことが起き、この先もどうなるのか全く見当がつかない。

撮影スタジオからもらった、スタジオ名が大きく入ったウェストバッグを取り出して、中身を改める。財布、カード、TC、国際免許証も入った免許証入れ、名刺、TCのナンバーや一三名のパスポートNo.、有効期限、生年月日、血液型などが控えてある手帳、筆記用具、ガムテープ……

自分の机の上からVHSテープを持って、応接セットがあるコーナーへ行くと、テープをビデオデッキに入れた。

葛飾《かつしか》にあるおもちゃメーカーの仕事だが、ロケに出かける前に、フィルムを転写した六〇分テープのカット内容を、タイムコードとともに全て書き出しておかなければならなかった。そのカットがＮＧであればその理由も添えて……

全カットを書き出すのに四、五時間はかかるだろう。急がねばならない。

出発便は一九時のフライトだった。市ヶ谷から成田空港までは二時間みておく必要がある。

空港に着いたら、大量の荷物を下ろし、機材車を駐車場に留めて戻る。その間《かん》、撮影セカンドの川原久《かわはらひさし》に機材を見てもらう必要がある。機材車を留めたら、混雑する空港で、大量の荷物をＵＡの出発カウンターまで運ばなければならない。川原と二人でやっても、四、五〇分はかかる。川原とは成田空港の南ウィング、国際線出発ロビーで一六時に待ち合わせていた。機材車は明日、会社の人間がスペアキーを持って取りに来る。

一六時に空港に着くためには、一四時には会社を出たかった。必死にカット表を埋めていく滝沢の耳に、黒田からの電話を告げる女性社員の声が届いたのは、一二時の少し前だった——

黒田さんが大至急の用事だって——

「……もしもし……黒田《くろだ》……オルコの黒田だけど……」

電話の後は無我夢中だった。大急ぎでカット表を書き終えると、演出である谷村宛の封筒に入れ、プロデューサーの机の上に置いた。機材やスーツケースを満載して、臨月を迎えた妊婦のように、動きが鈍くなったワゴンを走らせる。黒田が告げた品物を買い、買うたびに買物メモに横線を引いていった。蕎麦、素麺、そばつゆを買い、緋桜特級二升を箱詰めしてもらい、最後に旭日ビール四八缶を求めて墨田区本社の販売コーナーに着いた。

ビール会社で受付の女性に「オルコ・黒田さんの紹介で」と告げると、直ぐに販売主任の中年男性を呼び出してくれた。

「すみませんねえ……今日出発なんでしょう。お忙しいでしょうに……現地の酒屋で買えば済むものを……わざわざ――申し訳ありません」

主任は深々とお辞儀すると、段ボール箱二箱の缶ビールを台車に乗せた。段ボール箱は梱包された上に取り外し自由の結束バンドがかけられており、そのまま持ち運べるようになっていた。

「ありがとうございます。代金はおいくらでしょうか?」

滝沢の問いに、主任は首を振った。

「いえ、お代は結構です。わざわざ海外に持って行っていただくのですから。宣伝の一環ということで……販売部長の許可も得ていますので、お気になさらずに」

「でも……」

滝沢は好意に甘えて代金を支払わないことで、後々黒田に咎《とが》められそうな気がした。

「黒田さんには私の方から伝えておきます」

……滝沢は主任の気配りに感謝した。駐車場に向かって台車を押そうとすると、いち早く主任が台車を押し始めた。

「あ、あの、私が押しますから」

「いいんですよ。お客様なんですから」

「でも……」

「私も若い頃は映像の仕事がしたかったんです。あなたを見ていると、ついつい応援したくなる……」

本音かもしれないと思った……駐車場に着く。主任は台車からビールを降ろすと、滝沢が開けたバックドアの中を見て、息をのんだ。

「……一人でこれだけの荷物を……大変ですね……頑張ってくださいね……」

「……ありがとうございます」

滝沢はビールを助手席の緋桜の脇に載せると、主任にお辞儀をして運転席に乗り込んだ。主任は、滝沢のワゴンが駐車場を出るまでお辞儀をし続けた。涙が込み上げてきた……

会社に戻ると、緋桜の瓶を一本ずつエアーキャップで三重に保護し箱に詰め直した。持ちやすいように細引きで縛る。自分のスポーツバッグを助手席の床に置くと、逃げるように会社を飛び出した。二時二〇分！そして気がついたら成田空港にいた。

四個増えて二九個になった荷物のうち、スーツケース四個は個人の私物だった。二日前のことだが、滝沢は電話で呼び出されて日本橋のオルコに行った。

ロビーの受付で顔見知りの女性・保科優子《ほしなゆうこ》に黒田への面会を告げると、面会コーナーの一番に案内された。一番コーナーにはすでに三個のスーツケースが置かれている。握りに取り付けられたタグホルダーには、オルコの営業・山地一男《やまちかずお》、東洋光学の宣伝部・鈴本光司《すずもとこうじ》、その妻・鈴本美香《すずもとみか》の名刺が入れられていた。黒田が三人に対して気を利かせ、成田まで運ぶと言って預かったものだった。

「……残り一個は……すみません、明日また取りに来ていただきたいそうなんですが……」

保科が言いにくそうに切り出した。

「黒田の分はまだ荷造りが済んでいないみたいで……」

「分かりました……」

明日は明日でやるべきことが山のようにあったが、仕方がなかった。
「本当に申し訳ございません……何度も何度も……」
保科が恐縮しながら、丁寧に頭を下げた。保科はオルコの正社員ではなく、人材派遣会社からの派遣社員だった。派遣先で周囲の人間全てに気を使いながら仕事をしている――彼女を責める気にはならなかった。

今回の海外ロケは四月から放映するサングラスのTV-CMで、広告主であるカメラメーカーの東洋光学からは、三〇半《さんじゅうなか》ばの鈴本が一人で参加することになっていた。だが、実際は三カ月前に結婚した妻の美香が鈴本に同行する。そのことは東洋光学には伏せられていて、TV-CM製作費見積書の航空運賃やホテルの欄には、鈴本の妻を除く一一名分の単価と合計金額が記入されていた。

美香の参加が決定した日、滝沢は演出の谷村に電話を入れた。気が重い断りの電話――谷村は滝沢が尊敬する演出家だったが、突然のキャンセルにも快く応じてくれた。それどころか、谷村は実に親切で適切なアドバイスをしてくれたのだった。

「……いいか、まず演出コンテ通りの画《え》を撮《と》っちゃいな。ああしよう、こうしようっていうのは次の話しだ。演出コンテ通りに撮れば七〇点はとれる。あのコンテは、あれでも一応隅々まで計算してあるんだからな。みんな、俺が適当にでっち上げて描《か》いたと思ってるかもしれないけど……」

「そうじゃなかったんですか？」

「ハハハ……コンテの画《え》を一通り撮ったら、後は辰巳《たつみ》さんに話して好きなように撮ってもらいな。その際モデルは思い切って動かしなよ。これじゃオーバー過ぎるっていうぐらいでちょうどいいんだ。

演技の注文は具体的にな。何《なん》かもっとパーッとなんていうのはダメだぞ……それじゃあ頑張って……気をつけてな……」

谷村のアドバイスは、的を射ているように思われた。出演タレントに何となく雰囲気だけしか伝えない演出家もいるが、ＣＭに携わって四年しか経験のない滝沢には、谷村の話したやり方が一番失敗の少ない方法であることは確かな気がした。

谷村に感謝した。忙しい谷村に一週間もロケのスケジュールを空けてもらいながら、直前になってキャンセルしたのだ。当然キャンセル料が発生するケースである。だが、谷村はキャンセル料はいらないと言ってくれた。もちろん企画料は支払うが、演出料のキャンセル分は予算的に苦しかった。

「……演出なんかいらないよ、俺がやるから。お前がやったっていいし……それで谷ヤンの交通費が浮くだろ、その浮いた分で別の人間を連れていくから……」

オルコのロビーの一番奥まった八番面会コーナーで、滝沢は黒田からひそひそと打ち明けられた。滝沢は不安になった。演出というのは、そんなに簡単な仕事ではない。

はたから見ていると、ヨーイ、スタート！という号令をかけ、カット！でキャメラを止めるだけのように見えるかもしれない。だが、実際は演出の頭の中は凄まじいスピードで動いている。

——出演タレントの表情は？髪で顔が隠れなかったか、フレームの真ん中で演技していたか、演技は問題なかったか、衣装の乱れは？動きのスピードは？途中で太陽が雲に入らなかったか、バックの人物の動きは？手にした商品はフレームの中にキチンと収まっていたか、ラベルが最後までキャメラ側を向いていたか——

キャメラマンのチェックも聞きながら、たった一、五秒、三六駒しか使わないカットに信じられない位、神経をすり減らす。いつも谷村の側で、それを見てきた。とても素人ができる仕事ではない。さらには、オールラッシュが上がれば、ＯＫ出しとラッシュ編集の仕事もある。○コンマ何秒、数駒を伸ばすか、縮めるか、別のカットで、もっといいカットがあるのではないか、行ったり来たりの思考で頭を悩ませる。演出は大変な仕事だ。

だが……黒田は滝沢の目の前で、滝沢が提出した製作費見積書の演出費の欄に、無造作に横線を入れた。実質的な値下げ！見積書だけで既に五回も提出していた。そのたびに少しずつ削られて、当初の見積りよりも四割方《よんわりがた》低くなっていた。

「谷村さんのキャンセル料だけでもみてもらえませんか」

滝沢の依頼に対する黒田の答えは簡単だった。

「払わなくていいよ、そんなモノ……」

三　トランジット

　バゲージ・クレームで、龍の腹に似た、長いターンテーブルを流れてくる荷物を見つめている人の半数が、日本人だった。そのほとんどは思いつめたような眼差しで、自分の荷物が出てくるのを今か今かと待っている。三割ほどいるアメリカ人は、腕を組んで雑談をしながら荷物が出てくるのを待っている。国内旅行の余裕と気安さが感じられた。

　滝沢は撮影チーフ・斎藤澄男《さいとうすみお》とセカンドの川原、照明チーフの渡辺達哉《わたなべたつや》、照明セカンドの秋山哲《あきやまさとし》と五人で、荷物が出てくるのを待っていた。川原が滝沢と同じ二六歳、照明部の二人は滝沢より二、三歳上の独身者だった。今回のロケでは照明技師は同行せず、照明部はチーフ助手とセカンド助手の二人だけ——予算の関係で仕方がなかった。

　山形県出身の撮影チーフ助手・斎藤は三〇歳を過ぎて、結婚していた。陸上自衛隊員だった経験を持つ苦労人で、声が大きくがらっぱちの印象を与えがちだが、明るく裏表のない性格で技術スタッフをまとめてくれる。滝沢ちゃん、滝沢ちゃんと何かにつけて滝沢を立ててくれ、東京では川原と三人で度々楽しい酒を飲んでいた。

荷物を待つ五人の傍らにはロバでさえ乗せられそうな、ケージ型の大きなカートが三つ置かれている。カートの横には滝沢が手荷物で持ち込んだ、緋桜の二升入り段ボール箱。搭乗時には手荷物検査官から中身を聞かれ、細引きを外して瓶を見せなければならなかった。降りてからはカートに機材や私物を積み込んだ後、一番上に積まなければならない。黒田や山地らは、カートの後方でしきりに鈴本に話しかけている。

最初のジュラルミンケースが出てくると、後は続々と一目でそれとわかる機材が、鈍い銀色のターンテーブルの上を流れてきた。滝沢と斎藤、川原が次々に機材をターンテーブルから下ろす。渡辺と秋山ががたつかないように、バランスよくカートに積み込んでいく。滝沢は機材や小道具ボックスを数えていた。二台のカートに二五個の機材や小道具ボックスが積み込まれたのを見ると、機材関係のクレーム・タッグを数え直して二五枚あるのを確かめた。川原に頼んで三台目のカートをターンテーブルの横に置いてもらう。

スーツケースが連続して出てきた。滝沢のスポーツバッグもあった。一四個の私物が三台目のカートに入れられる。一番上に緋桜の段ボール箱を注意深く積んだ。ウエストバッグから私物のクレーム・タッグを取り出して一四枚あるのを確認する。二台の機材カートの前を、私物が入ったカートを押してバゲージ・クレーム出口に向かった。

出口にいた白人男性の係員は、三台のカートの荷物の数を尋ねると、滝沢から受け取ったタッグの枚数を数えた。滝沢が言った数だけあることを確認すると、大きく頷いて通るように言った。

「アンド　ワンキャリーオンバゲージ」

滝沢が示した機内持ち込み手荷物を見た係員は、フフンと鼻を鳴らすような声を出し、右手をひらひらさせて通るように促した。成田での出国時には中身を確認するのに梱包を解き、酒瓶が見えるようにしなければならなかった。それに比べると、ここでのチェックはなんと大らかなことか。こちらが日本人だから、チェックも緩やかなのかもしれない。日本人は違法薬物や禁制品の持ち込みがほとんどない、という話しだった。

バゲージ・クレームを出て税関まで来ると、滝沢は中年の女性案内係を呼び止め、カルネ手帳を示しながら聞いた。

「ウェア・キャン・ナイ・ドゥ……ディス・プロスィージャー……」

「ユーハヴリストゥ？」

度の強そうな眼鏡をかけたポリネシア系の案内係は、滝沢が書類ファイルから出した総合物品表を、フンフン頷きながら確認した。

「カムウィズミー」

褐色の健康そうな首を傾けながら、彼女が手招きした。滝沢達が歩き始めた彼女を追って、カートを動かし始めた時、彼女は思い直したように立ち止まった。

「ステイヒア……」

両掌《りょうてのひら》を広げて床に向けながら言い残すと、彼女は慌てて走り出し、乗客でごった返す税関のフロアから姿を消した。

手持無沙汰《てもちぶさた》になった一行は、その場で円陣を組むようにカートを中心に集まった。人の流れで混雑するフロアで、そこだけぽっかりと穴が空いたように虚ろだった。

——あの機長はあまり操縦が上手くなかったな。着陸の時の滑走距離が長かった——

——そうだよな。日本人のパイロットだったら、もっと短い距離で止まるよな——

——それにしても日本人が多いね、団体さんの……ああいうふうに全てお膳立てされた旅行

　してて楽しいのかね――

会話の中心になっているのは、オルコの黒田と山地だった。黒田は海外ロケの経験が豊富そうだった。

滝沢は黙って彼らの話を聞いていた。滝沢には今日のパイロットが、それ程《ほど》下手《へた》だとは思われなかった。

滝沢は航空会社のＣＭの撮影で、何度か日本各地の空港に行ったことがある。日本の空港でも伊丹《いたみ》などは市街地の近くにあり、滑走路への進入角度を深くとらなければならなかった。ただ、それは地形上仕方なくそうしているに過ぎない。

――周囲に山などがなく、十分な長さの滑走路が確保されていれば、できるだけ浅く侵入して、ゆっくり逆噴射をかけるのが最も安全な着陸方法なんです。ランディングギアへの負荷も少なくて済みます――

以前に国内線のベテラン機長から聞いたことがあった。

五分ほど経つと、山地が滝沢に聞いてきた。

「滝沢ちゃんヨ、何待ち？」

「機材の通関です」

「あのオバハンはここで待てって言ったけど、別に一般のカウンターでもいいんだろ？こっちの人はのんびりしてるから、あの人を待ってたらいつになるか分からないぞ」

「でも、機材は日本からの一時輸出ということになりますから、一般の乗客の入国手続きとは別なんです」

「だけどやってくれるかもしれないだろ。とりあえず聞いて来いよ」

滝沢はその場を離れることには抵抗があったが、山地の言葉を無視するわけにもいかず、一般の入国手続きカウンターへと向かった。

滝沢が行列の後ろに並んで二、三分経った頃、撮影セカンドの川原が呼びに来た。

「さっきの女の人が呼んでるよ」

滝沢は川原とともに急いでカートのある場所に戻った。

そこでは先程の案内係の女性が、白人男性の税関職員と一緒に滝沢を待っていた。彼女は急いで職員を呼んできてくれたのだろう、額にびっしょり汗をかいていた。

税関職員は英文で打たれたカルネ総合物品表を見ながら、ジュラルミンケースやボックスを数えていった。その数が物品表の数と一致していることを確認すると、その場で無造作にカルネ手帳にスタンプを押した。

成田とは大違いだった。成田では機材のケースを一個一個全部開けさせられて、三五ミリアリフレックスⅢ型カメラ本体の製造番号や、ズームレンズの原産国名、ＥＫ三五ミリカラーネガ四〇〇フィート巻きフィルム一〇巻の、出荷番号までチェックされた。大小のロンフォードの三脚が入った黒い円柱形ハードケースは、特に念入りに調べられた。ライフル銃がすっぽり入る長さだったから……

成田空港は開港するまで、トラブルが絶えなかった。強制的な土地収用によって用地を確保し、買収前の土地に勝手に入って測量を行うなどしたため、開港反対派の抵抗が激しかった。三里塚《さんりづか》闘争《とうそう》と呼ばれた反対運動には、革命を唱える過激派学生も参加した。政府と地元農民が真っ向から衝突し、死者を出すほどの社会問題となった。開港してからも空港への道路検閲は厳しく、検閲箇所も多かった。何回も検閲を受け、やっとたどり着いた空港で、機材を開けさせられ、梱包し直し、複雑で細かい通関手続きを終えると、クタクタに疲れた。

それに比べると、ここでの通関手続きはあっけないくらいだった。大量の荷物を見た案内係の女性が、気を利かせて税関職員を呼んできてくれた。

カルネの手続きが済むと、税関職員は一番端の閉じられている、広い入国手続きのカウンターを指さした。

「ゴウアップトゥザットゥカウンター」

彼は先頭に立って歩き出した。閉まっていたカウンターの一段高いボックスに入ると、頭上の緑色の表示ランプを灯し、一人ずつカウンターに来るように言った。

滝沢がカートと一緒に進み、パスポートと帰りの航空券を人数分示すと、大きく頷きながら聞いてきた。

「ホワッデゥユーシュートゥ？」

「ティーヴィーシーエム……サングラス・オヴ・トーヨーコーガク……」

「アイハヴァキャメラ、オヴトーヨー、イッツグッド、グッラットゥユー！」

「サンキュー」

滝沢の後は誰も何も聞かれず、次々にパスポートにスタンプを押してもらって、カウンターを通過してきた。

滝沢がカートを押すのを手伝いながら、人数を数えてみると、黒田とスタイリストの平井由美《ひらいゆみ》がまだ出て来ていなかった。まばらになってきた入国審査のフロアを見渡すと、遠くのカウンターで黒田が、ボックスの中の女性職員と何か話している。

滝沢は急いで黒田のいるカウンターに向かった。黒田は少しでも早く出ようとして、空いているカウンターに並んだのだろう。そして、恐らく帰りの航空券の提示を求められているのだ。

滝沢は黒田の名前が入った帰りの航空券を、書類ファイルから抜き出すと、ボックスの中の女性職員に近づいてそれを見せた。フフン——彼女は納得して黒田のパスポートにスタンプを押した。

その隣のカウンターでは、スタイリストの由美が、ポリネシア系のヘヴィな男性職員の質問を受けていた。彼は白い粉の入ったビニール袋をぶら下げている。

「洗剤よ、洗剤」

「……ノウ」

職員が大きく首を振っている。

「イッツ、クレンザー」

「ユーキャーント」

由美が必死に袋の中身を説明しているが、職員は首を振って、持ち込めないと言っているらしい。どうやら薬物の疑いをかけられているようだ。

滝沢は職員のもとへ駆け寄ると、スタッフリストを示しながら、由美がスタイリストであること、袋の中身は洗剤であることを伝えた。

「イッツ、デタージェント」

だが、職員は相変わらず首を振るだけだった。滝沢は、袋の中身を少しだけ、自分の手のひらにこぼすように頼んだ。職員が警戒しながらわずかにこぼした粉を舐めると、滝沢は大きく口を開けて見せた。

ガハハハハハ……職員が笑い出した。滝沢の口にシャボンの幕が張っていた。

「オーケー、オーケー」

職員はなおも笑いながら、由美のパスポートにスタンプを押し、洗剤が入ったビニール袋を返してくれた。

由美はスーツケースの中に受け取った洗剤をしまうと、滝沢と並んで歩き出した。滝沢の口の中は、まだ洗剤の味と匂いがした。

「ありがとう、助かったわ」

「洗剤なんかこっちでも買えたでしょう」

「この洗剤は色落ちしないの。生地を傷めることもないし……だからわざわざ日本から、衣装の水着を洗うために。業務用でなかなか手に入りにくい物だし……」

迂闊《うかつ》だった——そこまで注意を払っているとは、思いも寄らなかった。謝ろうと思ったが、適当な言葉が見つからなかった。

「急ごう、もうみんな出てるから」

お茶を濁《にご》してしまった。滝沢は由美のスーツケースを持つと、少し離れた国内線出発ロビーのある建物へと向かった。

国内線出発ロビーから先は、日本人乗客の姿がほとんど見られなくなった。島へ渡る飛行機のフライト時刻まで、一時間の余裕があった。

「ここで時間まで待ちましょう」

滝沢は建物内のレストランへ一行を誘った。くすんだワインレッドの色で統一されたレストランの広い店内には、あちこちに背の高い観葉植物が置かれ、客席を遮《さえぎ》っている。客の姿はまばらだった。

高い天井からは長い四枚羽根の扇風機が吊り下げられていて、ただ空気を掻き回すためだけに、気怠《けだる》く回っている。飛行機のプロペラに似ていた。その緩やかな動きと、朝であるのにナイトクラブを連想させるダークな照明が、ゆったりとした籐椅子に身を沈めた滝沢には心地よく感じられた。

「ハロォ……」

髪に赤紫のブーゲンビリアを付けて、ラベンダーのムームーを着たウェイトレスが注文を取りにやって来た。

滝沢は渡されたメニューをそのまま黒田と山地に渡した。滝沢自身はテーブルの上のスタンド・メニューで十分だった。三時間ほど前の機内食も食べ残していた。食欲はなかった。滝沢はコーラを頼んだ。他のスタッフもコーヒーやグアバジュース、アイスクリームなどを頼んだ。

黒田と山地は飲み物のほかに、シーフード・スパゲティやクラブサンド、ガーリックトースト、クラムチャウダー、フライドポテトやサラダなどをオーダーした。スポンサーである鈴本とその妻・美香の分も頼んでいるらしかった。

滝沢は不安になった。フライト時刻までは五五分しかなく、二〇分前に出発ロビーに行くとしたら三五分しかない。その間にそれだけの料理が作られ、運ばれて、そして食べることができるのだろうか。滝沢はウエイトレスに出発便の時刻を伝え、できるだけ早く持って来てくれるように頼んだ。

スタッフの間ではまだ堅さが見られ、各パートごとにぼそぼそと話していた。撮影部のテーブルでは、有名スチールカメラマンの辰巳義弘《たつみよしひろ》が冗談を飛ばし、チーフの斎藤澄男《さいとうすみお》とセカンドの川原久《かわはらひさし》が、遠慮がちに笑っている。滝沢のテーブルには左にスタイリストの平井由美《ひらいゆみ》、右にヘア&メイクの洋田恵子《ようだけいこ》がいて、その隣はモデルの麗子《れいこ》だった。由美と恵子はヤミヨーグルトを頼み、麗子はミネラルウォーターを頼んでいた。

電話をしてきます――滝沢は席を立った。フライト時刻に変更がないか確認して、変更がなくとも、予定の時刻に着くことを、現地のコーディネーター・長嶋哲郎《ながしまてつろう》に連絡しておく必要があった。

日系人である長嶋の自宅は、オフィスも兼ねており、何かと好都合だった。フライト・インフォメーションで、フライト時刻を確認する。予定通りだった。近くの公衆電話に行き、一に続いて番号をダイアルした。英語で応答があったが、名前をいうと直ぐに日本語に変わった。

滝沢は予定の時刻に着くことを伝えた。

お気をつけていらっしゃってください――五〇代後半、戦争経験がある長嶋は端正な日本語で応えた。

レストランに戻ると、飲み物が運ばれていた。滝沢がフライトは予定通りであることを告げると、わずかにくつろいだ雰囲気が生まれ、再び控えめな会話が始まった。

一〇分ほど経ってフライドポテトやサラダが運ばれてきた。山地はしきりに鈴本や美香に勧めたが、二人とも手を伸ばそうとはしない。

ガーリックトーストとクラブサンドが運ばれてくると、黒田が撮影部や照明部に勧めたが、やはり誰も手を伸ばそうとはしなかった。

ジャンボの機内に八時間も座り続けて、その間に食事が二回出されていた。夕食を取ったのが六時間前なら、朝食を取ったのは二時間前だった。

さらに五分後にスパゲティが運ばれてきた。山地や黒田が美香に勧めたが、美香は手を付けようとはしなかった。山地と黒田がほんの一口ずつ、スパゲティに手を付けた。それが義理であることは、傍《はた》から見ていてもよく分かった。

「何だかまずいな。前に食べた時の味と違う……」

黒田がフォークを置いた。山地がチラッと腕時計を見ると、滝沢に言った。

「滝沢ちゃんよ。もう時間がないから、クラムチャウダーはいらないって、言ってきてくれないか」

「……はい」

滝沢は軽く頷くと、席を立った。まだ一五分は時間があった。これから五日間もこういうことが続くのかと思うと、気が重くなった。

滝沢はレジへ行くと、ウエイトレスの女の子を呼んでくれるように頼んだ。レジの年配の女性が厨房《ちゅうぼう》に向かおうとした時、クラムチャウダーをのせたトレイを持って、厨房からウエイトレスが出てきた。滝沢は諦めて、ウエイトレスと一緒に席に戻った。

フライト時刻が迫ってきた。滝沢は一行を促《うなが》して、レジに向かった。レジで支払いをする時に、滝沢は大量に食べ残したことを詫《わ》び、ウエイトレスに通常よりも多いチップを渡した。

滝沢たちがついていた大きな丸テーブルの上には、ほとんど手を付けていない料理が、時間が止まったように取り残されていた。無残だった。

四　アイランド

白のベースにオレンジのラインが入ったＤＣ９《ナイン》は、さとうきび畑に囲まれた滑走路に、無造作に着陸した。すぐにパッセンジャータラップが接続されて、前方の乗客が降り始める。滝沢は、ロケスタッフの席に忘れ物がないかどうかチェックしながら、最後に前方客室ドアから降りた。機外へ出ると、ムッとした熱気に包まれた。歩いて空港ターミナルビルに向かう。機材や私物の荷物を受け取って、カートに積み込む。

のんびりした地方空港のバゲージ・クレームの出口に、穏やかな笑みを浮かべた日系人がいた。長嶋哲郎――ロケーション・コーディネーター、五七歳。長嶋は右手を上げて合図しながら、近寄ってきた。滝沢と握手する。強い力、日に焼けた肌、血管が浮き出てごつごつした腕、栄螺《さざえ》のような握《にぎ》り拳《こぶし》。白いキャップを被り、青いアロハシャツを着た胸は厚く、逞《たくま》しかった。名刺を交換する。

「長嶋哲郎です。ようこそいらっしゃいました」

「滝沢悟です。お世話になります。よろしくお願いいたします」

「他《ほか》の方《かた》への紹介は後からにしましょう」

「分かりました」

　エアコンのきいた小さなターミナルビルから表へ出ると、空気がムッとしていて、サウナに入った時のような息苦しさを覚えた。熱気に包まれて、滝沢は普段は意識したことがなかった大気というものを感じた。全身につきまとう熱い濃密な空気……

　荷物を満載したカートの一台を、長嶋と一緒に押して空港前の道路を渡ると、額の髪の生え際から、真ん丸の玉のような汗がコロリと噴き出してきた。玉の汗はすぐに、背中や胸をだらだらと滴《したた》っていく汗に変わった。身体中から滲《にじ》み出てくる汗は、すぐに下着に吸収され、下着の繊維に収まりきれない水分が、長袖のシャツに浸透してきた。青いアロハシャツですっかり現地人になっている長嶋は、全く汗もかかずに、滝沢と一緒に重いカートを押し続けている。大正生まれの滝沢の父と同じ年齢なのに。


　空は高く澄み渡っていたが、日本での寒さに慣れていた滝沢には、まとわりつくような、けだるい暑さがうっとうしかった。見上げるようなヤシの大振りな葉も、真っ白な綿雲《わたぐも》もすっきりとした風景には見えない。滝沢は撮影部と照明部が押す二台のカートと、スタッフに気を配りながら、カートを押して駐車場へと向かった。

駐車場に行く間に、いつの間にか他の乗客は姿を消し、ロケ隊だけがターミナルビルから離れた駐車場に来ていた。

一八人乗りのロケ用マイクロバスが停まっており、色の黒い現地の少年が待っていた。白いTシャツと紺の短パンから、無駄な脂肪のない手足が素直に伸びている。

「ハロー」

「アロハ」

人懐《ひとなつ》こそうな笑みを浮かべた少年はハワイ語で挨拶を返すと、すぐに滝沢のカートの荷物を、ロケバスの後部トランクに積み始めた。滝沢よりも頭一つ小さいその身体は、しなやかで柔軟だった。しかし、四八缶の缶ビールを梱包した段ボール箱を持ち上げるのは大変そうで、とっさに滝沢が代わった。

「マハロ」

少年がはにかんだように言った。

「シュア」

滝沢の返事に少年が白い歯を見せてにっこり笑った。

「さあ、どうぞお乗りください。間もなくエアーコンディショナーが利いて、涼しくなってきますから」

長嶋が乗車を促し、女性が乗る時には乗降ステップの脇で手を差し出した。

滝沢と少年は、撮影部と照明部が押してきたカートの積み込みも手伝った。空になった三台のカートを長嶋と少年と滝沢で返しに行く。ロケバスに戻ってくると、黒田がロケバスのステップから身を乗り出していた。

「滝沢！」

黒田の声は怒気《どき》を含んでいた。

「何やってんだよ！そんなのは任せとけばいいだろう。そんなことより今後の予定を早く言えよ、全く！」

黒田がいら立っていた。不機嫌そうに言うと、ロケバスの中に引っ込んだ。突然の黒田の剣幕に驚き、滝沢は慌ててロケバスに乗り込んだ。

一八人乗りのロケバスは、二人掛けのシートが左右四列ずつ並んでいたが、最前列の二席には黒田と山地が、シートの傍らにバッグを置いて一人で座っていた。その後ろのシートにも、キャメラマンの辰巳とモデルの麗子がそれぞれ一人で座っている。

滝沢は最前列の助手席の背もたれにつかまって、声を張り上げた。

「皆さん、大変お疲れさまでした」

「お疲れさまっていうのは、終わりの挨拶だろ。もう仕事が終わったのか」

山地は自分の冗談に一人笑いながら言ったが、ロケバスの中は白けた雰囲気が漂っただけだった。

積み荷の点検を終えた長嶋が左側の運転席に乗り込むと、マイクのスイッチを入れて滝沢に渡してきた。

「どうぞこれをお使いください」

滝沢はマイクを受け取ると、音量に気を使いながら話し出した。

「……今回のコーディネイターを紹介します。オーシャン・ロケサービスの長嶋さんです。それから……」

滝沢はバスの外を見た。最後のカートを空港ターミナルビルに返しに行った少年が、バスに向かって走ってきていた。

少年は結構な距離を走ってきたにもかかわらず、息も切らせずにロケバスに乗り込むと、ドアを閉めた。滝沢が少年の紹介をする。

「それからこの少年は……」

滝沢が少年を見る。目と目が合った。少年が名乗った。ヒビル――

「ヒビル君です」

「後でいいよ、紹介なんか。それよりこれからどうすんのか、肝心なことをみんなにちゃんと説明しろよ」

黒田だった。黒田はスケジュールにこだわっていた。

「発車します。滝沢さん、腰掛けてください」

長嶋がそう言った時、滝沢は戸惑った。自分が助手席に腰掛けたら、ヒビルはどうするのだろう……

ヒビルは――ごく自然に、進行方向を向くと、膝を抱えて床に座り込んだ。

「坊主、ここ空いてるぞ」

ヒビルに向かって、自分の席の隣を指さしながら、辰巳が声を掛けた。

「サンクス。バットアイムオーケー」

ヒビルは笑みを浮かべながら応え、その席に移動しようとはしなかった。短パンから出た膝を抱えたまま、左手で運転席の背もたれにつかまった。

ロケバスがゆっくりと動き出す。滝沢は助手席に座ったまま後ろを振り向くと、マイクで今後のスケジュールを説明し始めた。

――一五分ほどでバスはホテルに着きます……改めて全員を紹介し……夕食の場所と時間を確認したら、一旦解散してチェックインとなります……明日以降のスケジュールは香盤表に書いてありますが、変更が出るかもしれません……

――明日の天気は？

黒田が聞いてきた。

――すみません。まだ調べていません……

――一三時の発表によりますと、曇りのち晴れの予報です――

滝沢の代わりに長嶋が応えた。

――今日の夜は、買い物する時間はどうなってるんだ？

山地だった。

――すみません。予定してませんでした……

――お前、酒だとか、つまみだとか、洗面用具だとか、日焼け止めだとか、何かと買いたい人がいるだろう――

――すみません。気が付きませんでした……

――夕食後に、希望する方はこのバスで、ショッピングセンターにお連れします。大概《たいがい》の物はそこで買うことができます――

また長嶋に救われた……

バスは空港のフェンス沿いに、でこぼこ道を走った。日本のようにどんな田舎へ行っても、アスファルトで舗装されている道とは違っていた。雨に抉《えぐ》られた穴があちこちにあり、長嶋は穴を避けて慎重にバスを走らせた。バスの後ろからは、追いかけるように赤い砂塵《さじん》がもうもうとついて来る。

空港から離れると、赤土の台地が広がっていた。背の高いサトウキビの茎が密生し、尖《とが》った葉が風に揺れていた。サトウキビ畑の向こうには、港も船も何もない海が、白波を立てながら青く横たわっている。

ホテルは空港から一二マイルの距離にあった。バスは一〇分ほど赤土の道を走ると、舗装された五一号線に合流し、そこからは四〇マイルで南に走る。海が近くなったと思ったら、ホテルの引き込み道路になった。スピードを落として曲がりくねった道へ入り、海に向かって下っていく。

蛇行する道の両側は、緑の植物で覆われていた。奥にいけばいくほど、植物の背丈は高くなり、様々なシダやツルや多年草となって低い森に溶け込んでいる。

密集して生えている植物の葉は、大きくて分厚く艶《つや》があった。はっきりしたその形と、濃淡のない一色の緑は、日本の喫茶店の片隅に置かれている観葉植物に似ていた。重なり合うようにびっしりと繁った植物は、ジャングルを想わせる。

骨だけの魔女の手のように広がる樹木は、地上近くで枝分かれし、枝は好きな方向に伸びている。まるでいくつもの生命が、一本の木に宿っているように、滝沢には見えた。

故郷である東北の、丘や森に囲まれた田や畑が、川の側で肩を寄せ合うようにしている優しい風景とは違っていた。緊張の中で、異国でのロケが始まろうとしている……

五　ホテル

突然、ジャングルのような深い森の中に、開かれた広い空間が出現し、ホテルの車寄せがあった。ソテツとヤシに囲まれた広い車寄せに、三名の男性ホテルマンがいる。アロハを着たホテルマンは、微笑みながらゆっくりとカートを押して、バスに近付いてきた。バスを降り始めたロケスタッフと挨拶を交わしながら、カートに荷物を積み込んでいく。サングラスをかけた白人の男も、ポリネシア系らしい男たちも、仕事を楽しんでいるかのように、笑顔を絶やさなかった。ロケスタッフの間に安堵が広がった。目的地へ着いた安心感と、存分に手足を伸ばせる開放感が、心を軽くした。

「フロントへ行きましょう」

滝沢は長嶋と並んで、エントランスへ向かった。

広いエントランスの奥に長い下りのエスカレーターがあり、その先にロビーやフロントがあった。エスカレーターは外の強い日差しから遮られて仄暗《ほのぐら》く、ひんやりとした空気が気持ちよかった。

エスカレーターを降りると、そこは熱帯とはかけ離れた世界だった。

巨大な円柱が等間隔で立ち並ぶロビーは、ギリシャの神殿のようで、吹き抜けの天井と、上品に日差しを反射させた大理石の床が、壮大な空間を造り出している。広いロビー一面に、冷たい輝きを放つ白亜の大理石が敷き詰められていて、ゲストを圧倒する。人間によって造られた物が、造った人間を凌駕《りょうが》していた。

ロビーを吹き抜ける風が、ロビー中央に設けられた緑樹帯の、バナナの大きな葉をゆっくりと揺らしている。その脇には深みのある茶色のカヌーが、波頭に乗り上げた時のように、先端を高く持ち上げて飾られている。船体に残された無数の傷が、長い船齢を感じさせた。実際に使われていた四五《フィ》　《ート》のカヌーが大きく感じられないほど、ロビーは壮大だった。カヌーの下にドーナツ型の長椅子があり、ロケスタッフは遠慮がちに腰掛けた。

滝沢はカートを運んでくれたホテルマンにチップを渡し、礼を言った。ホテルマンは、笑顔で長い上りのエスカレーターに乗っていった。

「今回のスタッフを紹介します」

ホテルマンを見送った滝沢は、一行に向かって言った。

「東洋光学宣伝部の鈴本光司さんとその奥様の美香さんです」

「滝沢！スポンサーはスタッフじゃないぞッ！」

山地が怒鳴った。

「失礼しました……スポンサーの東洋光学の鈴本さんとその奥様の美香さんです」

慌てて訂正した。滝沢は肩書に気を遣いながら、広告代理店・営業の山地、クリエイティブ・ディレクター・黒田、キャメラマン・辰巳、撮影チーフ・斎藤、撮影セカンド・川原、照明チーフ・渡辺、照明セカンド・秋山、スタイリスト・由美、ヘア&メイク・恵子、モデル・麗子、コーディネイター・長嶋、アシスタントコーディネイター・ヒビルの順に紹介し、最後に自分の役割として、演出・プロデューサーの肩書と名前を名乗った。

「何かと至らないところもあるかと思いますが、よろしくお願いいたします」

「よろしく」

「よろしく」

「よろしくな」

「仲良くやろうぜ」

「楽しくやりましょう」

パチ・パチ・パチ・パチ・パチ……滝沢の〆の言葉に賛成してくれたスタッフが、拍手を送ってくれた。とりわけヒビルが満面の笑みで大きく拍手していた。

一礼した滝沢は長嶋と一緒に、フロントに向かった。チェックインカウンターで、フロントマネジャーに名刺を渡し、挨拶を交わす。白人のフロントマネジャーは左腕がなかった。長嶋がチェックインの時間を確かめる。滝沢は長嶋の隣で、マネジャーと長嶋が交わす英語の会話を聞いていた。

――通常は一三時のチェックインだと思うが、早めることはできないか――

――部屋は空いているが、まだハウスキーピングが入っていない――

――ハウスキーピングを急がせてもらえないだろうか――

――ロケ隊の分は一一時までに終わらせるよう伝えよう――

――感謝する――

滝沢が理解できた範囲では、そのような会話だった。同じ内容を長嶋が、滝沢に日本語で伝えてきた。

「じゃあ、一一時までの一時間は自由行動にしましょう」

滝沢は長嶋に同意を求めた。

「それでいいと思います。お荷物はフロントへ預けられます」

長嶋は、すでに荷物の預け入れまで気を配っていた。

滝沢は、緑樹帯の脇で、籐の長椅子に腰を落ち着けている一行のもとへ向かった。

「一時間後のチェックインまで自由行動にします。荷物はフロントで預かってくれます。では、一一時にまたここに戻って――」

「滝沢、どこか部屋を借りられないのか？ ミーティングルームがあるだろう。こういうホテルは必ずミーティングルームがあるんだよ……チェックインまで一時間もあるんだろう？」

黒田だった。黒田の意見で、滝沢は長嶋と一緒に、ミーティングルームを申し込むためにフロントへと引き返した。有料のミーティングルームは一日中空いていた。しかし、準備が整わないので、コーヒーなどのサービスはできない、エアコンが利くまで一五分ほどかかるということだった。

滝沢は黒田たちのところへ戻って告げた。

「まだ準備ができていないのでコーヒーなどは出せないそうですが、取りあえず荷物を預けて、ミーティングルームへ行きましょう」

「俺は行かないよ……」

キャメラマンの辰巳が、長身の身体を籐の長椅子に預けたまま、ポツリと言った。

「一時間だろう、チェックインまで……俺はプールサイドでコーヒーを飲んだり、ビーチを歩いたりしてブラブラしてるから……」

「プールサイドでバドワイザー飲んで、昼寝する」

「俺もそうする」

「俺も……」

「賛成！」

撮影チーフ・斎藤にセカンドの川原、照明部の渡辺と秋山が同調した。

「私はホテルの中のショップを覗いてるから……」

「あ、それいいな」

「私も……」

スタイリストの由美に、メイクの恵子とモデルの麗子が同意した。

山地はしきりに鈴本夫妻を誘ったが、二人はビーチへ行ってみる、と断った。結局、ミーティングルームに向かったのは、黒田と山地だけだった。滝沢はフロントで聞いたミーティングルームへ二人を案内した。ファーストフロアの一番奥にあるミーティングルームは、だだっ広かった。

「一〇分ほどでエアコンが利いてくるはずですから……」

滝沢はロビーに戻り、長嶋とヒビルと今後のスケジュールについて打ち合わせをした。

ホテルの屋外レストランは、ナツメヤシとプルメリアとハイビスカスの植え込みで、プールと遮られていた。ドーナツ型のプールは、ジャングルの中を流れる大河のようで、深さ四フィート、幅一八フィートの白い壁が、一周二〇〇メートルの長さで続いている。ジャングル・クルーズのようなプールは、カーブの先が密生した植物に遮られて、見通すことができなかった。

ピロティ形式の開放的なレストランで、各自が思い思いにバイキング形式のランチを済ませると、ロケ隊の間に移動の疲れが見えてきた。口数が少なくなって、ロケ隊がいるテーブルは静かになった。

周囲が急に暗くなったかと思うと、つい今しがたまで晴れていた空に、黒い雲が湧いてきた。重たそうな雲はすぐに空の半分以上を占め、いつ雨が降ってきてもおかしくない天気になった。分厚く暗い雲が太陽を遮って、屋外レストランはどんよりと暗くなった。

「雨雲《あまぐも》です。スコールがやってきます。引き揚げましょう」

長嶋の言葉に、全員がロビーに移動した。強い風が吹いて、ロビーから見える中庭のヤシやバナナの葉が大きく揺れ始めた。他のゲストも全員がロビーに移動してきて、ホテルのロビーはちょっとした避難所になった。

「大丈夫です。このスコールはすぐに強い雨となりますが、一〇分か二〇分で収まるはずです」

長嶋は落ち着いていた。パラパラと降り始めた雨が、ザーッという強い雨に変わった。ロビーの人々の話し声は、雨音に掻き消された。黙って雨の中庭を見つめる人々の間に、奇妙な一体感が生まれていた。誰もが雨が上がるのを待っている。中にはランチの途中だった人もいるだろう。滝沢は、ロケ隊がランチを済ましていたことに安堵した。長嶋に近づくと、午後は予定通りフリーにすることを伝えた。

「はい。かしこまりました」

長嶋の返事を聞いた滝沢は、ロケ隊に呼びかけた。

「……あの……ロケ隊の方《かた》は、ちょっと聞いてください。皆さんお疲れのようですし、天気もこんなですから……今日の午後はフリータイムとします。一九時にここで待ち合わせて、ロケバスで夕食に出かけましょう。それまでは自由行動です……」

「アイ・アイ・サー、滝沢隊長。一つ質問いいですか?」

辰巳がふざけて聞いてきた。

アハハハハハ……撮影部と照明部が愉快そうに笑っている。

「晩飯の場所は？」

「イタリアンレストランです」

真面目に応える滝沢に、辰巳が被せてきた。

「俺、アルマーニのスーツ、持ってこなかったけど、アロハでいいかな？」

「どうぞ、ご自由に」

アハハハハハ……爆笑が起きた。一気に緊張がほぐれる。雨が上がって明るくなった空を、テラス越しに見ながらフロントへと移動した。バイキングランチを一五名分支払い、それぞれがルームキーを受け取るのを、確認する。滝沢は、それぞれの部屋番号を、香盤表にメモした。

フロント脇の電話で、長嶋に聞いたイタリアンレストランに予約の確認を入れ、予算を伝えると、ひとまず仕事は一段落だった。

一九時まで六時間の自由時間……ずっと続いていた緊張から解き放たれて、滝沢の心は軽くなった。だるさの残る身体とは裏腹に、気分は爽快だった。

ル・ル・ル・ル・ル――どれくらい眠っていたのだろう……ベッドに突っ伏していた滝沢は、反射的に受話器を取った。

「……アア、俺……あのさア、車借りてきてくンないか？　そう、レンタカー。セダンでいいよ。鈴本たちをどっか連れてかなきゃなんないだろう、面倒くせえンだけどよ……奴ら自分たちじゃ何にもできないんだから……お前、国際免許証持ってきてるよな？　車借りてきたら内線くれよ……」

黒田からの内線で、ぼんやりしていた滝沢の意識が、たちまち覚醒《かくせい》した。水で顔を洗うと、エレベーターを使わずに六階から階段を走って一階まで下り、風が吹き抜ける石畳の回廊をフロントへと急いだ。

片腕のフロントマネジャーにタクシーを呼んでもらうと、レンタカー会社の場所を聞いた。それは予想した通り、空港にしかなかった。

間もなく平べったい大型のタクシーが来て、滝沢は空港へと向かった。

空港の小さなターミナルビルの前に、四軒のレンタカー会社が軒を連ねていた。ヤシの葉で拭いた大きな一つ屋根の下、レンタカー会社はそれぞれが板壁《いたかべ》で仕切られていた。レンタカー会社は空港前の道路に面していて、バーカウンターのような細長いデスクがある。デスクの奥に一人か二人の従業員がいた。日本の縁日の店先を思い起こさせたが、のんびりしたハワイ人従業員の微笑みが、どの会社にも共通していた。

滝沢はタクシーの中で聞いた、一番安いという奥まったレンタカー会社へ向かった。ミディアムクラスだというシボレーの赤い二〇〇〇CCは、一週間で一九八ドルだった。滝沢が車を見せて欲しいというと、アポロキャップを被り、鼻の下に髭を生やした若いハワイ人従業員が、裏の駐車場に案内した。人の好さそうな従業員が、車の説明をしながら滝沢の年齢を聞いてきた。二六歳と答えると、俺と同じ歳だと言いながら、年齢制限について説明し始めた。

「ユーアーラッキー」

そのレンタカー会社では、正規料金の適用は運転者が二五歳以上という条件があり、それ以下の年齢では割増になった。二五歳未満は一日につき二〇ドルの追加料金が必要だった。二五歳未満の事故が多いのだろう。

契約書のコピーを渡しながら、彼は握った拳の親指を立てた。サムズアップと同時に、にっこりウインクしながら言った。

「ユーウィルドゥーウェル！」

――うまくいくさ――彼は女の子とのドライブだと勘違いしている。

そうだったらいいんだけどね……滝沢は、慣れない左ハンドルのシボレーを慎重に走らせた。

左ハンドルは思ったほど違和感がなく、右側通行にもすぐに慣れたが、マイル表示のスピードメーターは、なかなか感覚がつかめなかった。

最初はマイルを頭の中でいちいちキロメートルに換算していたが、すぐに面倒になって止めた。標識の制限速度は全てマイルで表示されているから、それにスピードメーターの針を合わせていればいいのだ。何十キロだろうと関係なかった。

五〇マイルで疾走するシボレーは安定していて、日本車よりも重量感があった。遠くまで見渡すことができる道に、歩行者は全くおらず、車だけが結構なスピードで走っている。昼間でもライトを点けて走っているのは、全てレンタカーだ。レンタカーはエンジンをかけると、昼間でもライトが自動的に点く。この島では車なしでは用が足せない。観光客も専《もっぱ》らレンタカーを利用する。

カーラジオのスイッチを入れる。雑音混じりの早口の英語が聞こえた。ＤＪらしい太い男声の英語は、早口で殆ど聞き取れず、曲名とプレーヤー名だけが辛《かろ》うじて聞き取れた。

「――ホテルキャリフォーニア！バイイーグルス！」

どすのきいたＤＪの声を聞きながら、滝沢は、この男はきっと顎髭《あごひげ》を生やしているだろうなと思った。

イーグルスは、名前しか知らなかった。四人か五人の白人ロックバンドということ以外、何も知らなかった。ヒット曲も。

カーラジオから、静かに高音のギターが立ち上がってくる。ン?これがロック?イントロは何かを予感させるような、抑え気味のギターソロ。きれいなストリングス……美しい旋律だ。ゆっくりゆっくりゆっくり弦が高い音へと移行していく。二〇秒以上あるんじゃないか?長い……でも心にしみるイントロだ。

ダン・ダン・ダン!突然弾けるドラムを受けて、細くかすれたソロボーカルが聞こえた。

野性的な英語　~暗い砂漠のハイウェイ~

シャウトではなく、リズムに乗って話しかけてくるようなハスキーボイス……

心をわしづかみにされた。

全ての思考が停止した。ツインギターの低い音から高い音へ、高音から重低音へ、一音ずつ弾かれるギターの音色がすすり泣いているようだ。しゃがれた歌声が悲しく聞こえる。美声ではないのに、叙情的だ。素朴で、哀愁を帯びた歌声に惹き込まれる。

頭が空っぽになった。耳だけが生きている……

一〇年前、高校一年の時に、滝沢は東北の地方都市で映画『卒業』を観た。衝撃を受けた。

スクリーンが閉じられ、常夜燈《じょうやとう》が点《つ》いても、しばらく席から立てなかった。フラフラと映画館を出ると、お城の脇の堀に沿って、下宿とは反対方向に自転車を走らせた。アーケード街のレコード店に飛び込むと、『卒業』のオリジナル・サウンド・トラックのLPを買った――サイモン&ガーファンクル「サウンド・オブ・サイレンス」「スカボローフェア」「ミセスロビンソン」……

毎日毎日、サイモン&ガーファンクルを聞いた。熱病に浮かされたみたいに。意識を失うくらい音楽のとりこになったのは、それ以来だった……

無意識に車を走らせていた。窓を全開にして風を入れる。風は生暖《なまあたた》かった。長い曲が終わった。意識が覚醒する。

滝沢は車を走らせながら、もしこれが仕事でなかったら、どんなに快適だろうかと思った。このまま道の続く限り車を走らせると、いずれはどこかのビーチにたどり着く。そこではココヤシが斜めに、野放図《のほうず》に伸びているはずだ。巨人が刺し込んだように、ビーチの白い砂から、突然生えているのだ。ビーチには強い光が降り注いでいる。光は熱と一緒に、宇宙から一直線に地上に到達したものだ。無垢《むく》で真《ま》っ正直《しょうじき》なものだ。

日本の大都会のように、煤煙《ばいえん》で傷つくこともなく、高層ビルで遮られたり、車の排気ガスで拡散させられることもない。ここでは太陽から海まで、何も邪魔をするものがなくストレートなのだ。裸の太陽、裸の海……

滝沢は道が続く限り、このまま車を走らせたい衝動にかられた。だが、ホテルの案内看板を目にした時、まるで夢から覚《さ》めたように現実に引き戻された。

ホテルの駐車場へ車を留めると、滝沢はフロントへ行って黒田に内線を入れた。それからは夕方まで、鈴本夫妻と黒田を乗せて、あちこちのショッピングセンターを回った。鈴本たちの買い物袋は五つになり、黒田も三袋の買い物をした。滝沢は最後のショッピングセンターで、ようやく見つけたミュージックカセットテープを買った。イーグルス「ホテル・カリフォルニア」……

滝沢が鈴本たちの買い物袋を抱えながらフロントへ行くと、白人の片腕のフロントマネジャーが、滝沢の顔を見てルームキーを渡してきた。滝沢の顔と名前とルームナンバーを覚えてしまったのだ。

マネジャーはルームキーを渡しながら、隣の部屋の麗子にエアメールがきていると言った。

三〇分前にも伝えたのだが、これから取りに行くと言ったきりだ、とも。

「アイルテイクイットゥ?」

滝沢が申し出た。

「アイアスクフォーザレタ。サンクス」

マネジャーが麗子への手紙を滝沢に渡してきた。滝沢は麗子に手紙を持っていく旨《むね》、内線を入れてくれるようにマネジャーに頼んだ。マネジャーは大きく頷くと、すぐに内線を入れた。麗子は部屋にいた。

鈴本夫妻の部屋の前で彼らの荷物を渡すと、滝沢は自分の部屋を通り過ぎて、麗子の部屋をノックした。ミュージックカセットを胸ポケットにしまう。

「滝沢です」

「……」

カチャ。無言でドアが開かれ、ドアチェーンが外された。バスルーム備え付けの、大きな白いバスタオルを巻いた麗子が顔を覗かせた。

「フロントから手紙を預かってきた」

「ありがとう……」

麗子に手紙を渡して引き返そうとした。

「入って！」

思いがけない言葉に、振り向いた滝沢の顔をじっと見ながら、麗子が再び口を開いた。

「中に入ってこの手紙を読んで！」

その強い口調に、滝沢はためらいながら部屋に入った。ガチャ。後ろ手にドアを閉めた麗子は、ドアをロックした。立ったまま手紙を突き出してくる。滝沢は受け取った手紙の差出人を見た。線の細い女性らしい字だった——増田澄江《ますだすみえ》……

「お母さんからだろう？」

「そう……何か飲む？」

麗子が冷蔵庫の扉を開けながら聞いてきた。

「イヤ、いらない」

「読んで……」

麗子は冷蔵庫からミネラルウォーターを取り出すと、開け放たれているベランダへ出た。

滝沢は部屋の真ん中に置いてあるテーブルについた。ゆったりとしたソファーに身を沈めると、できるだけ丁寧《ていねい》に指で手紙を開く。間違えないように注意しながら、声に出して手紙を読み始めた。

それは便せん五枚にびっしりと書かれた日本語の手紙で、細かい文字が青インクの万年筆で書かれていた。


——東京では梅の花がほころび始めましたよ。

おととい湯島天神《ゆしまてんじん》に行ったら、受験のお願いをする人たちで、賑《にぎ》わっていました。桜と違って、梅は咲き始めがいいですよね。

湯島天神、あなたの中学受験、高校受験、ショーモデルのオーディション、CMのタレントオーディション、スチールモデルのオーディション、あなたの病気。

何かお願い事があるたび、今回限りと、厚かましいのを承知で何度も何度も手を合わせてきました。

うまく行く時もあったし、涙にくれた時も。あなたがボロボロと大粒の涙を流した時は、私も胸が張り裂けそうだった。あんなに頑張ったのにって、神様を恨んだ。

でも、もういいや。もういい。

あなたも気づいていたと思うけれど、ここ一年、ジェームズと話し合いを重ねてきました。ジェームズは、除隊を機《き》にアメリカで暮らしたがっていて、私はこの歳になって、新たにアメリカで生活することには自信がありません。

ジェームズはウエストポイントの指導教官に採用予定だそうです。


今日、離婚届を出してきました。


あなたは好きなようにおやりなさい。

ジェームズもあなたがアメリカでの暮らしを望むなら、これまで同様の親子の関係でいよう、と言っています。

あなたが日本での暮らしを望むなら、ジェームズの軍人恩給の一〇〇％（月三〇〇ドル）を、今後八年に渡って支払ってくれるそうです。私とあなたの二人でという話でしたが、私は辞退したので全てあなたが受け取れます。

おばちゃん一人ぐらい、スーパーでも、クリーニング屋さんでも、お弁当屋さんでも、パートで食べていけます。

私のことは気にしないでください。

あなたの方《ほう》がいつもいつも競争させられて、厳しい世界で生きているのですから。

ロケが終わって日本に帰ってくるまでに、どうするのか、決めてください。

繰り返しますが、くれぐれも私のことは考えず、自分のしたいようにしてくださいね。でないと、あなたの重荷になっているようで、私の方がいたたまれません。


覚えていますか。中学一年の冬の出来事《できごと》。あなたが突発性思春期側弯症《とっぱつせいししゅんきそくわんしょう》と診断された時のこと。私が代わってやりたいといった時に、あなたが言った言葉。

『ママ、思春期側弯症だよ。ママがいくら若くても、チョット無理だよォ。それに神様が私を選んだんだから。ママは引っ込んでて』

冗談めかしてわざと乱暴に言うあなたの優しさに、涙をこらえ切れなかった。トイレに駆け込んで大泣きして戻って来た時、あなたが差し出した手鏡——鏡に映った私の顔は、マスカラが落ちて真っ黒。『どこで炭焼きしてきたの』というあなたの言葉に、思わず大笑いしたっけね……

次から次にあなたとの思い出が蘇《よみがえ》ってきて、涙がこぼれそうです。どうか、身体を大切にして、お仕事頑張ってください。

お土産は元気なあなたの笑顔……それに、マカダミアナッツチョコレートとベイクドショコラとキューティクルオイルと青いムームー（Sサイズ）……冗談冗談。

日焼けに注意して元気に過ごしてください。

麗子さま。

一月二八日

澄江より

元気で、元気で、麗子、麗子、麗子、元気で、麗子、麗子、麗子、麗子——

「……」

滝沢は手紙を読み終えると、封筒に便せんを入れてベランダの麗子を見た。

麗子は——麗子は身体に巻いていたバスタオルをベランダの床に敷き、裸でうつ伏せになっていた。組んだ腕の上に顎《あご》を載せ、顔だけを滝沢に向けている。自らの体重で押しつぶされた乳房が、窮屈《きゅうくつ》そうだった。白い尻と長い脚が際立っている。心臓が高鳴った。

滝沢は戸惑いながら、手紙をテーブルの上に置いて立ち上がった。

「待って」

麗子が大きな黒い瞳で、滝沢を見つめていた。まばたきもせずに見つめる麗子の瞳が、濡れて光っていた。

「あなただったらどうする?」

「分からないよ……」

「そうだよね。そんなに簡単に決められる話じゃないよね……」

麗子が顔を反対側に向けた。眼下のプールを見下ろすような感じで……

滝沢は麗子に何か言葉を掛けなければいけないと思ったが、適当な言葉が出てこなかった。

何を言っても無責任になる……

「失礼するよ」

「……」

麗子が無言であることが、問題の深刻さを物語っていた。滝沢は仰向けになった麗子の視線を感じながら、ロックを外すと部屋を出た。後ろ手にドアを閉める。

ベランダから低い押し殺した嗚咽《おえつ》が漏《も》れてきた。滝沢は、これは麗子が一人で解決すべき問題だと思った。誰も手を貸してやることはできない――その人の病気を誰も変わってやることができないのと同じように……


一九時の夕食の待ち合わせに、麗子は姿を見せなかった。若いフロントマンが、ロビーで待つ滝沢の所へ来ると、麗子から内線が入っていることを告げた。

滝沢が内線を取ると、麗子は、ごめん。夕食はいらないと言った。滝沢は、彼女は少し疲れたようだとスタッフに説明し、上りのエスカレーターでエントランスへ向かった。

ロケバスで一〇分ほどのイタリアンレストランは、賑わっていた。レストランのマネジャーに、人数が一人減ったことを伝えて、案内されたテーブルについた。

メニューを持ってきたボーイに、各自好きなビールを頼む。バドワイザーが多かった。長嶋はミネラルウォーターを頼んだ。

滝沢はオランダの緑のボトルのビールにした。以前軽井沢《かるいざわ》にロケして、そのビールのCMを作ったことがある。喉越《のどご》しがよく、切れがあってすぐにファンになった。スウェーデン人女性モデルが、空を見上げてボトルで日差しを遮るカットがあり、ショートカットの金髪、白い顔に、ボトルの緑の影が落ちて、美しかった。

バーニャカウダと生ハムメロンを人数の半分の六皿ずつ注文して、メニューを持ってきたボーイにお薦《すす》めの料理を聞いた。ブルスケッタ、フィオレンティーナステーキ、パニーニ……名前を聞いてもよく分からなかった。

「滝沢隊長に任せる！」

辰巳だった。

「俺も」

「俺も隊長にお任せ」

「おいらも」

「俺もだ」

「私もお任せ」

「めんどくさいから私も」

撮影部と照明部、ヘア&メイクの恵子とスタイリストの由美が同調した。

「私たちもお任せします」

スポンサーの鈴本夫婦が言った。

「俺はリゾットとティラミスとニョッキ……」

黒田がメニューを見ながら注文する。

「じゃあ、俺は……えーと……お薦めの、何だっけ……ブルスケッタとフィオレンティーナステーキとパニーニだっけ、それを頼む」

山地が注文したところで、滝沢は、飲み物とバーニャカウダと生ハムメロン、取り皿を先に持ってきてくれるように頼んだ。

「アイシー」

ボーイが立ち去ると、滝沢はメニューを見ながら、紙ナプキンにオーダーする料理を書いた。

——全て二人前ずつ
1．スパゲティ・ミートソース
2．スパゲティ・カルボナーラ

3. スパゲティ・ペスカトーレ
4. アクアパッツァ
5. ラザニア
6. ピッツァ（一人分はテイクアウト）――

ビールとミネラルウォーターが運ばれてきた。飲み物が全員に行き渡り、グラスに移されたのを見ると、滝沢は立ち上がった。

「それでは乾杯の発声を、東洋光学の鈴本さん、お願いできますか？」

滝沢が腰掛けるのと入れ替わるように、鈴本がグラスを持って立ち上がった。

「ア、ハ、ハイ……すみません。こういうロケは初めてで、慣れてなくて。あの、今年の夏の、眼鏡部門の主力商品になるであろうサングラスの、今回は、CMな訳ですが、宣伝部といいましても、私、経験が乏《とぼ》しくて、なるべく、皆さんの邪魔にならないようにしますので、よろしく、よろしくお願いいたします」

鈴本はそう言うと、ペコリとお辞儀をして腰掛けてしまった。滝沢が慌てて立ち上がる。

「ご起立願います」

スタッフが立ち上がるや否や、間髪《かんはつ》を容《い》れずに滝沢が乾杯の音頭をとった。

「乾杯！」

グラスを一段と高く掲げる。

「乾杯！」

「乾杯！」

「いっただきまーす！」

「乾杯！」

滝沢に合わせて、全員が乾杯をした。カチン、カチン、カチ、カチ、カチン……グラスの触れ合う音がした。

「ウィー」

「ウーッ」

「うんめえ」

拍手が起きた。全員がガタガタと音を立てて腰掛けると、笑い声が弾け、話し声が大きくなった。

生ハムメロンが運ばれてきた。滝沢と恵子と由美が取り皿に次々に取り分ける。

「辰巳さん、回してもらえますか」

滝沢の言葉に、辰巳は受け取った皿を、顔の前で水平に回し始めた。

「これでいいか?」

「もう酔っ払ったんですか」

あっけにとられていたスタッフが、爆笑した。一気にくだけた雰囲気になった。あちこちで笑いが起き、話が盛り上がった。

バーニャカウダが運ばれてきた。また三人で取り分ける。

「隊長、イタリアワインを頼んでもよかですか?」

辰巳の言葉に、撮影部と照明部から笑いが起きた。

「どうぞ」

滝沢の返事に、辰巳がメニューを見た。辰巳は、リーズブルなテーブルワインの赤を三本と白を二本、長嶋のためにミネラルウォーターの追加を注文した。滝沢がワインを頼まなければ、と思っていた矢先の辰巳の行動だった。長嶋が、辰巳に礼を述べている。

「料理を頼みますから、聞いてください」

滝沢は、紙ナプキンに書いた料理を声に出して読み上げた。

「スパゲティ・ミートソース、スパゲティ・カルボナーラ、スパゲティ・ペスカトーレ、アクアパッツァ、ラザニア、ピッツァ……二人前ずつ頼みます。他に何か欲しい物がありますか?」

「滝沢ちゃんよ、アクアパッツァって何？」

撮影チーフの斎藤だった。

「魚介をトマトと白ワインで煮込んだ海鮮料理です。イタリアの漁師飯といったところでしょうかね」

「いいねえ。旨そうじゃん」

鼻の下に髭を蓄え、背は低いががっしりした斎藤が、ビールのグラスを空にして言った。

「斎藤がアクアパッツァ喰ってると、絶対地元の漁師だと思われるよ」

辰巳の言葉に、笑いが起きた。

「滝沢隊長、飲み物追加していいですか」

由美がメニュー片手に、手を上げた。

「どうぞ」

「私、スパークリングウォーターのオレンジ」

「あ、それいいな。私はスパークリングウォーターのライム」

恵子もソフトドリンクを頼んだ。滝沢は、由美と恵子の注文を紙ナプキンに書き足し、さらにパイナップルとマンゴーを一人前テイクアウトと書いて、ボーイに渡した。ボーイが大きく頷《うなず》きながら、紙ナプキンをしまうと、厨房へ帰っていった。ロケ隊の細長いテーブルは、冗談が飛び交い、活気に満ちて賑やかだった。

移動日のディナータイムは楽しい夜となった……


食事が済んでホテルへ戻ると、明日は朝九時に出発するので、それまでにプールサイドのレストランで、朝食を済ませるようにスタッフに伝えて、解散した。

滝沢は、ピザとフルーツを麗子の部屋に届けた。

麗子はベランダの椅子に腰掛けて、ライトアップされた、誰もいない広大な庭園風のプールを見下ろしていた。滝沢は、青白い光を反射させた麗子の横顔を、美しいと思った……

六　プール

ドーナツ型の大プールを取り巻くように、幹の中央部が膨らんだナツメヤシが植えられている。そのナツメヤシの外周を、ココヤシが囲んでいた。ヒョロリと伸びたココヤシは、上方で鋭角的に幹の方向を変えて、空を目指している。五メートル余りのナツメヤシに比べると、ココヤシは倍以上ありそうだ。ユラリと揺れる重たそうな葉が、日差しを受けて尖った先端を白く光らせている。

朝七時だというのに日差しは強く、太陽の位置は水平線よりもずっと上にあった。だが、気温はまだそれほど上昇しておらず、豊富な水量を誇るプールの水温は低かった。その冷たさが、滝沢には気持ちよく感じられた。起きたばかりの身体が目覚め、肌が引き締まり、硬直していた関節と筋肉が、冷たい水の中で徐々にほぐれていった。

クロールでゆっくりと、プールの外周に沿って泳いだ。一周六分位だろうか。

ハアルの・オガワは・サラサラ・いくよ――耳の奥に『春の小川』のメロディが、ゆっくりとしたテンポで聞こえてきた。遅めの『春の小川』は、滝沢が泳ぎのリズムにのるための曲だ。高校時代は一五〇〇メートルの練習でもレースでも、そのメロディーを思い浮かべながら泳いだ。

もっと肘から上げていけ……手首と指は軽く下へ向けろ……親指は人差し指から六〇度の角度で開け……キックは膝を曲げ過ぎるな……水中で足首までしならせろ……高校の時の水泳部の監督、日体大時代は東京オリンピックの強化選手に指定されたという体育教師の声が、水の中まで聞こえた。

イケ、イケ、イケ、イケ！自己ベストを出せ、自己ベストだ、自己ベスト……しかし、滝沢はさほど目立った成績は残せず、インターハイどころか、東北大会へも進めなかった。いつも県大会止まりだったが、身体は当時の感覚を覚えていた。

キイシの・スミレや・レンゲの・はなの——一小節二《ツー》ストロークのリズムは、今も身体のどこかに沁みついていて、そのリズムにのると楽に泳ぐことができた。いつの間にか身体と水が同化して、いつまでも泳いでいられるような楽な呼吸になった。水の中にいることで精神が落ち着き、腕と脚は無意識のうちに動いている。

東北の城下町にあった男子高の屋外プールは、周囲が小さな集落や田んぼだった。校舎はお城から離れた郊外に建て直されて、その裏手にプールがあった。夏の一時期を除いてプールの水は冷たく、シャワー室にも給湯設備はなかった。震えながらシャワーを浴び、懸命に泳ぐ。プールを取り巻くガマズミの葉が紅葉して秋も深まると、プールでの練習はできなくなって、陸上トレーニングに切り替わった。連日、お城や数キロ先の山までの長距離走だけの練習メニューとなった。滝沢たち水泳部の部活は高三の夏に終わり、受験勉強一辺倒になった。それでも悔いはなかった。眩《まぶ》しいほどの青春などというのは、小説や映画の世界の出来事だと思っていた。現実は厳しいものと自覚していた。

「アロハ　カカヒアカ」

突然、プールサイドから声が聞こえてきて、滝沢は泳ぐのを止めた。知らない間に二周していて、身体がだるくなっていた。高校の時のようにはいかなかった。

少年が白いTシャツとサンダルを脱ぎ、プールに飛び込むのが見えた。ブレストで滝沢に近付いてくる。キックのよく利いたしなやかな泳ぎだった。キックからプルへの移行もスムースで、胸の前で合わされた両手は、一瞬にしてきれいに伸びた。

「グッモーニン」

滝沢の前に泳いできたヒビルは、微笑みを浮かべて挨拶すると、背を向けて泳ぎ出した。

「グッモーニン」

滝沢もヒビルの後を追って、ブレストで泳ぎ始める。

プールを一周すると、ヒビルがプールから上がった。ヒビルは息も切らさず、濡れた身体のままTシャツを着てサンダルを履いた。滝沢もプールから上がったが、少し息が上がっていた。滝沢はデッキチェアに腰を下ろし、呼吸が整うのを待った。

唐突に、俯《うつむ》いていた滝沢の目の前に、水の入ったグラスが差し出された。

「マケマケ　オエ　イ　カ　ワイ？　ウォータ？」

いつ取りに行ったのか、ヒビルが水を持ってきてくれた。滝沢は礼を言いながら、グラスを受け取った。一息で飲んだ水は思いがけず冷えていて、動機が治まった。落ち着きを取り戻した。濡れた水着の上から短パンとTシャツを身につけて、ヒビルに聞いた。

「ディジュー　ハヴ　ブレクファストゥ？」

「アロレ　マーオナ　アウ。アイドンウォントゥ」

ヒビルは欲しくないと言ったが、それは明らかに遠慮している感じで、滝沢はヒビルをホテルの朝食に誘った。ヒビルは素直に滝沢の言葉に従った。

七時半という早い時間のため、プールサイドにあるレストランには、カジュアルな服装の客がまばらにいるだけだった。そのほとんどが白人の客で、日本人はハネムーンらしいカップルが一組いるだけだった。

滝沢はロコモコバーガーとパイナップルジュース、ヒビルはハワイアンパンケーキとマイカイ・ジェラートをオーダーした。オーダーを澄ますと、ウエイトレスに電話の場所を聞いた。若い白人のウエイトレスは、健康的に日焼けした脚をミニスカートからスラリと伸ばし、大股で滝沢を案内した。恵子に内線を入れる。由美と一緒に、麗子を朝食に誘ってくれるように頼んで、受話器を置いた。

一五分ほどして、食事を終えた滝沢がコーヒーを飲んでいると、恵子と由美と麗子がウエイトレスに案内されて、滝沢とヒビルの隣のテーブルについた。ヒビルはイスから立ち上がって彼女たちに挨拶した。礼儀正しい少年だった。

恵子や由美は、タンクトップやTシャツにショートパンツという軽装だったが、麗子は、長袖の白いブラウスに、グレーの長いコットンパンツという装いだった。腕や脚に、半袖やショートパンツの日焼け跡が残らないように、気をつけているのだろう。麗子は何事もなかったかのように、サラダとバナナ、アイスミルクの朝食を取った。

滝沢は、恵子たちにゆっくり食事をするようにいうと、席を立った。ヒビルも恵子たちに先に席を離れることを英語で告げた。滝沢には朝食の礼を言った。

「マーッ　オナ　アウ。アイム　フル……サンキュウ」

滝沢はヒビルが何か話す時、ハワイ語で言ってから英語に置き換えるのに気づいた。ハワイ語を教えようとしている?

撮影に出掛けるまでにはまだ一時間あったが、滝沢は部屋に戻って準備しようと思った。小道具ボックスや商品ケースを部屋から運び出して、車寄せまで持っていっておかなければならなかった。それが済んだら、撮影部の荷物を運ぶのを手伝ってやる必要があった。出発時刻の三〇分前までに、全ての準備を済ませておきたかった。

長い石畳の回廊を歩きながら、滝沢はヒビルに尋ねた。長嶋と一緒じゃなくてホテルまではどうやって来たのか――ヒビルは例によってハワイ語と英語で答えた。歩いてきたよ、一時間かかったけど……

七　ビーチ

——ホテルからロケバスで二〇分ほど走ったビーチで、撮影の準備が始まった。ビーチは長嶋がロケ候補地としてあげてくれた五カ所の中から､滝沢と辰巳がスチールを見て決めていた。

滝沢は長嶋とヒビルと、ビーチの波打ち際から離れたココヤシの林の間に、長嶋が用意したテントを運んだ。ココヤシの木の真下は、ヤシの実が落ちてくることがあるので、避けなければならない。長嶋から教えられた。バスから五往復して運んだテントは、四張り分だった。長嶋とヒビルは汗をかいていなかったが、滝沢は汗だくになった。ハイビスカスがプリントされた青いバンダナで、汗止めの鉢巻きをする。テントを運び終わると、折り畳みのイスとテーブルを運んだ。休む間もなく、テントの組み立てをする。汗が止まらなかった。

長さ三、六メートル、幅二、七メートルの集会用日除けテント。高さ一、五メートル、縦横一、八メートルのドームテント。高さ一、八メートル、幅九〇センチの着替えテント。高さ一、五メートル、幅六〇センチのトイレテント。トイレテントには、イス型のふた付き便器が真ん中にあり、中に入ると正面のファスナーを閉めて使用するようになっている。

滝沢は小道具ボックスや商品ケースを取りに、長嶋とバスに戻った。撮影部は撮影機材を、照明部は照明機材を、恵子はメイクボックスを、由美は衣装ケースを、そして驚いたことに、麗子が飲み物が入ったクーラーボックスを運んでいた。

「重たいだろう、僕が運ぶからいいよ」

「平気よ。いい運動になるわ」

麗子は重たそうにしながら、両手でクーラーボックスを持ってゆっくり歩いた。

ヤシ林の木陰では、鈴木夫妻や山田、黒田が折り畳みのパイプ椅子に腰かけて、にこやかに談笑していた。解放された気持ちが、明るい表情に現れている。

その前方で、ヒビルがテントの支柱を支えるためのウェートを作っていた。ズック製の分厚いサンドバッグに、小型のスコップで砂を入れていく。サンドバッグが砂でパンパンになると、別のサンドバッグに砂を入れ始める。滝沢は、ヒビルが詰めたサンドバッグを集会用テントの支柱ポールの根元に結び付けた。鈴本が駆け寄ってくる。

「すみません。気がつきませんで」

鈴本は申し訳なさそうに言うと、慌ててヒビルの所にサンドバッグを取りに行った。サンドバッグを持つと、滝沢の隣の支柱の根元に置いた。滝沢が細引きで固定する。鈴本がサンドバッグを取ってきた。滝沢が固定する。隣の支柱へ移動する。手際がよくなってきた。

「鈴本さーんッ。アイスコーヒーができましたよーッ」

ヤシ林の木陰にいた山地が、鈴本に声を掛けてきた。

「ハーイ！今、行きまーすッ」

そう応えながら、鈴本が小さな声で滝沢に聞いてきた。

「……いつもこうなんですか？」

「ええ、まあ……」

返事に困った。鈴本が聞きたいことは解っていたが、愚痴《ぐち》をこぼすようで気が進まなかった。人の悪口は言いたくない。

「今回のロケは、教えられることばっかりだ……」

鈴本が深刻な口調でつぶやいた。

鈴本の言葉を無視するつもりはなかったが、同意もできなかった。激しい競争の中で仕事を獲得するには当たり前のこと、という感覚が身についていた。

滝沢はヒビルの所に行くと、サンドバッグを両手に一つずつ持った。片方で一五キロくらいあるだろうか。砂にスニーカーを取られながら、一番端にあるトイレテントに向かった。前方二本の支柱ポールにサンドバッグを細引きで固定した。すぐにサンドバッグを取りに戻る。両手にサンドバッグを握り締めた長嶋が、早足でトイレテントに向かってくる。ヒビルが砂を詰めたサンドバッグを、長嶋と二人で、残ったテントの支柱ポールに、細引きで次々に固定していった。

撮影部と照明部がドームテントに機材を運び入れる。メイクボックスと衣装ケースは、着替えテントに入れられた。小道具ボックスと商品ケースは、集会用テントに敷かれた青いビニールシートの上に置かれた。


撮影セカンドの川原が、集会用テントの片隅に腰を下ろした。黒い布製チェンジバッグの中で、ＥＫ（エクタクローム）三五《ミリ》カラーネガ四〇〇《フィート》巻きのフィルムを、マガジンに装填《そうてん》する。手探りでの神経をすり減らす作業だ。フィルムが詰められた。

ブロアーの風を当てながら、アリⅢ型キャメラの上部に、四〇〇《フィート》マガジンをセットする。ヘッドがついて重くなったキャメラを、ロンフォードの三脚に固定する。バッテリーを接続すると、ほんの一瞬ガバナモーター付きのスイッチを入れる。

シャー……異音はなさそうだ。チェンジバッグをマガジンに被せ、中に頭を入れてペン型の懐中電灯で、フィルムが正常に回ることを確認する。フィルムがタケノコ状態になっていたり、フィルムの細かい破片が紛《まぎ》れていたりすると、撮影部は生きた心地がしない。微細な破片でも、それがフィルムのOKカットにでも焼き付けられてしまえば、何百万という費用が無駄になってしまう。オプチカルで修正できたとしても、数十万は余計にかかってしまう。東京に帰って、現像所から上がってきたオールラッシュを見るまで、安心できないのだ。

「おーい、隊長ーッ！滝沢隊長ーッ！」

波打ち際から二〇メートル《メートル》手前の砂浜で、辰巳が呼んでいた。

「滝沢ちゃーんッ」

辰巳の隣で斎藤も大声で滝沢を呼んでいる。滝沢は辰巳のいる場所に走った。大量の汗を流した身体は軽くなっていた。息も切れない。

「ロングのキャメラはここに立てようと思うが、どうだ？」

駆け寄った滝沢に、辰巳がアングルファインダーを渡してきた。目盛りを見ると、二八ミリ《ミリ》になっている。

「斎藤、波打ち際に立ってくれ」

「分かりました」

辰巳の指示で斎藤が海に向かって歩き、足が濡れる寸前で止まった。滝沢はアングルファインダーで斎藤を見た。

「斎藤さんは何センチですかーッ」

波打ち際の斎藤に聞いた。

「一八三センチだーッ」

「真面目にィーッ」

「一六四ーッ」

「体重はーッ」

今度は辰巳が聞いた。

「五四キローッ」

「嘘つくなーッ。ほんとのことを言えーッ」

「七三キローッ」

「Tシャツを脱いで腹を引っ込ませろーッ」

Tシャツを脱いだ斎藤は両手を腰に当てると、腹を引っ込ませて力道山のようなポーズをとった。

「麗子は何《チ》センだ」

「一七二《チ》センだと思います」

「じゃ、ロングはこの距離でいいんじゃないか。バックの海は少しボケて、波は太陽の反射でキラキラ光る……」

「いいと思います」

滝沢は賛成しながらも、気になっていたことを辰巳に質問した。

「辰巳さん。二四《ミリ》じゃなくて、二八《ミリ》なのはどうしてですか？」

「隊長、お前さん、鋭いとこ突いてくるねえ。確かに二四《ミリ》の方がワイド感も迫力もあるけど、バックのボケに関していうと、二八《ミリ》の方が二四《ミリ》よりボケるから、多少なりとも人物が印象的になると思ってな。どうだ？」

「いいと思います」

「隊長、ご理解くださいましてありがとうございます」

辰巳がふざけて敬礼をした。

「おーいッ斎藤ーッ。隊長の許しが出たから戻ってきていいぞーッ」

斎藤が二人の所へ戻ってきた……

撮影が始まろうとしていた。撮影セカンドの川原がロンフォードの三脚を立て、アリⅢ型のキャメラをセットする。バッテリーとスイッチのコードが接続されて、試験的にほんの二、三秒、キャメラが回される。ジーッ！チーフの斎藤が、腰に付けた革のケースから、スポットメーターを取り出して覗き始めた。人物のバックとなる遠くの海の露出を計っている。

照明の渡辺は、折り畳まれているライトスタンドの脚を三方向に伸ばし、先端についているタイヤを足で踏んで砂に埋め込む。三台のライトスタンドを砂浜に埋め込むと、レフ板を取り付けた。照明セカンドの秋山は、持ち手の付いたズック袋に短いスコップで砂を詰め、ライトスタンドの重しとなるサンドバッグを作っていた。

滝沢は、麗子が自然に日に焼け、撮影にも慣れて、もう少しリラックスするまではロングの画を撮るつもりでいた。

「辰巳さん、表情がわかる画は後でやるようにして、最初は大ロングからいきたいんですけど……バックの雲の感じもいいと思いますし……」

辰巳は有名なスチールキャメラマンだが、今回のロケではムービーのキャメラマンとして来ていた。

「そうだな、雲はいい感じだな……麗子もまだそんなに日焼けしてないから、肌の色が気になるサイズは明日以降にしよう。今日は風景中心でいいんじゃないか？」

それから辰巳は、ドームテントの前でレフの準備をしている、照明部の渡辺と秋山に向かって叫んだ。

「オーイッ！ナベーッ。レフいらないぞォ。照明部は今日はお休みだーッ」

それを聞いて渡辺が辰巳の所にやって来た。

「ロングの後、寄り、撮らないんですか？」

「アア、麗子の肌がまだ少し生っ白《チロ》いから、寄りはもっと日焼けしてからにする」

そう答えた辰巳は、細い葉巻を吸《す》い殻《がら》バケツに投げ入れた。

水平線の向こうには、湧き起こった白雲《はくうん》が空の下半分を占めていて、その上には一片の雲もなかった。

気持ちのいいスカイブルーが果てしなく続く手前に、ふわふわの綿雲《わたぐも》が浮かんで、様々な形を示している。むく犬、シュークリーム、ダンボ、メロンパン、でんでんむし……

綿雲の下には、空を映し込んで空よりも青くなったマリンブルーの海が広がっている。

海から押し寄せてくる波は、キャメラの先六〇メートル《メートル》の白い砂浜で砕け、泡立ち、一瞬後に海に呼び戻されるように退《ひ》いていく。

ぎらつく太陽の熱を、海風が和らげる。眩《まばゆ》い日差しが海の青さに吸収される。暑さが気にならなくなってきた……


砂浜の奥の草地では、集会用テントの横で、長嶋とヒビルが丸いテーブルの真ん中にビーチパラソルを立てている。テーブルの周りに、四脚の白いプラスチック椅子が置かれた。白い椅子に腰かけた麗子に、ヘア&メイクの恵子がメイクを始める。カーマインレッドのルージュ、セルリアンブルーのマスカラ。白い肌。日本人離れした長身。スラリと伸びた長い手足。メイクをしている最中にも、スタイリストの由美が麗子に水着を当てていた。

「滝沢さん、辰巳さん、水着どれがいいですか。四種類を予備も含めて三枚ずつ持ってきてますけど」

由美は四種類のビキニをテーブルの上に並べた。

「どれがいいですか」

由美の言葉にいち早く反応したのは、辰巳だった。

「俺はこれ」

辰巳が選んだのは、ハイウエストのブラック。大人っぽいビキニだった。

「僕はこれがいいと思います」

滝沢はホルターネックのホワイトを選んだ。

「私はこれなんか似合うと思うんだけどなあ」

由美はネイビーブルーの三角ビキニを推《お》した。白とピンクのチェック柄《がら》フリルは、誰も選ばなかった。

「じゃあ、麗子に好きなのを選んでもらおう。麗子はどれが着たい？」

辰巳が言った。

「これ」

麗子は長い人差し指で、滝沢と同じホルターネックのホワイトを選んだ。

「それを選んだ理由は？」

辰巳が聞いた。

「滝沢さんに聞いて」

「隊長、白を選んだ理由」

辰巳が滝沢に説明を求めた。

「あ、はい。麗子さんは今はまだ日に焼けてませんが、日焼けした時にはこの水着の白さが際立って、サングラスをかけた時に活き活きと見えると思います」

「ハイ、決定ーッ」

辰巳の言葉で由美が広げた水着をまとめると、麗子と一緒に着替えテントの中に入っていった。

滝沢は演出コンテを示しながら、麗子のロングの画をどう撮りたいか、辰巳に伝えた。麗子が着替えを済ませて、真っ白なビキニでやってきた。滝沢は麗子にも、これから撮影するカットを説明した。

それはラス前と呼ぶ、ラストタイトルの前に使用するカットで、青空と白い雲をバックに、サングラスをしたままの麗子が、海に飛び込む内容だった。元々海にいる麗子が、海に飛び込むのだから、飛び込むための足場が必要になる。キャメラは遠くから狙っているので、水の中に沈んでさえいれば、その足場がバレる心配はない。編集で使うのは、麗子が一番高い空中から海に飛び込むまでだった。そのカットに続くラストカットは、飛び込んだ麗子が、海中から現れる正面の顔のアップ。麗子がサングラスを外した瞬間に、キャッチコピーのタイトルとナレーションがW《ダブ》ることになっている。

滝沢は、商品であるサングラスを麗子に渡した。プラスチックレンズのサングラスは、太陽の光量によって色の濃淡が変化した。サングラスには、麗子が飛び込んだ時に、顔からずれないように、モダン（耳掛け部）に細くて黒いゴム紐がつけられている……

八　ファーストカット

滝沢は東京を発つ四日前に、ダミーのサングラスのモダン部分にゴム紐をつけて、実際にプールに飛び込んでみた。飛び込んだ衝撃《しょうげき》で顔を傷つけることや、サングラスが外れたりしないかどうかのテストだった。

テストは千駄ヶ谷《せんだがや》の東京体育館のプールで、一回しかできなかった。プールでは、メガネやサングラスをかけて泳ぐことは禁止されている。その規則を知りながら、滝沢はサングラスをかけてプールサイドに歩いていった。

ホイッスルを首から下げ、メガホンを持った監視員が、監視台の上から滝沢を見た。監視員が滝沢のサングラスに気付いて、メガホンを口に当てた。一瞬の後、滝沢の身体はジャックナイフのように、腰から直線的に折れ曲がって宙を舞った。着水と同時にホイッスルが鳴った。

ピーッ！　ピピピーッ！

監視員が監視台の上からメガホンで怒鳴る声が、水中の滝沢の耳にコンピュータで合成した音のように届いた。

――サングラスハダメデスヨ、オキャクサン。サングラスヲトッテオヨイデクダサイ、オキャクサン……

滝沢は水面から顔を出すと、立ち泳ぎをしながらサングラスを外した。そして、監視台で立ち上がった監視員に詫《わ》びた。

翌朝、出社すると、滝沢は三つ預かっていた本番用のサングラスの一つに、昨日と全く同じゴム紐を取り付けた。

滝沢は、麗子に海に飛び込む際の姿勢について、自らその姿勢を示しながら説明した。右脚を伸ばしたまま、左脚は軽く曲げる。つま先に両手の中指を当て、そのまま腰から体重を前に移動していく……こらえきれなくなったら、両腕を頭の後ろで揃えて、足の指で台を蹴る……顎《あご》は引いて……左手の甲に右手のひらを重ね、肘《ひじ》は絞る……入水時は上にジャンプしてはいけない、できるだけ前下方へ、顎を引いたまま……

麗子は、砂浜で繰り返し〳〵飛び込みの練習をした。最初ギクシャクしていたそのフォームは、次第に無駄な力が抜けて、スムースなものになっていった。

七、八回も練習した頃だろうか、草地のビーチパラソルの下で山田たちとおしゃべりしていた黒田が、波打ち際の滝沢たちの方へ歩いてきた。

「滝沢、ちょっと……」

黒田はそう言って顎をしゃくった。滝沢は、スタッフから距離を置いた黒田のところへ歩いていった。

「何やってんだ?」

黒田が他のスタッフの様子を窺《うかが》いながら聞いてきた。

「ラス前のカットの飛び込みの練習ですけど……」

滝沢は黒田の質問の意図を計《はか》りかねながら、答えた。

「競技者を撮ろうとしてるわけじゃないんだからさア。素人《しろうと》には素人のよさがあるだろう。若い女の子はサマになってない方がカワイイんだよ」

「でも、この場合はスパッとキレよく飛び込んだ方が、次のカットにつながりやすいと思いますけど……」

「俺がそうじゃないって言ってんだぞ!いいよ、俺が演出するから!」

黒田は突然、怒りだしたかと思うと、足早にスタッフに近づいていった。

「ちょっと演出を変える——麗子はもっと素人っぽく飛び込む。若い女の子だったら、ヘタでもそれなりに面白いはずだから……サァ、本番でやるぞ」

黒田の言葉を聞いた滝沢は耳を疑った。エ？本番？本当に？

「その前に素人っぽくっていうのは、どう飛び込むのか、ここで決めといた方がいいんじゃないですか。一旦《いったん》、海に入っちゃうと大変ですよ」

黒田の背後からかけた滝沢の言葉に、黒田は逆上した。振り向きざまに怒鳴った。

「代理店の人間に指図《さしず》するなッ！」

その剣幕《けんまく》にスタッフの誰もが驚いて黒田を見た。静寂が訪れて、打ち寄せる波の音だけがする。ザブーンッ。動きを止めたスタッフの間に、白けた空気が漂った。ザザーッ。

滝沢も戸惑っていた。黒田の激しい怒りはどこからきているのだろう。何がいけなかったのだろうか。黒田を粗略に扱ったつもりはなかった。

「ヨーシ、じゃ本番でやろう……隊長、足場を準備してくれないか」

辰巳が口火を切った。挑戦的な口調だった。

滝沢は、黒い鉄のフレームでできた三〇センチ四方の飛び込み台を取りに、集会用テントに向かった。飛び込み台の設計図は、二週間前にＴＥＬＥＸ《テレックス》で長嶋に送ってあった。

大ロングにもかかわらず、恵子が麗子の額《ひたい》の汗をパフで抑えた。由美は、麗子がかけたサングラスのゴム紐を、麗子の長い髪の下に入れて、髪が自然になびくようにしている。麗子の真っ直ぐでしなやかな髪が、風にそよいでいる。

斎藤が、スポットメーターで露出を計り、カメラの絞りを合わせる。川原は、低い位置に構えられたキャメラのファインダー前の砂をならすと、畳まれたビニールシートを広げて、辰巳が座りやすいようにした。

滝沢は、集会用テントに戻ると、一面だけ鉄板が貼ってある枠だけの飛び込み台を、両手で抱えて運んだ。長嶋も枠だけの飛び込み台を運ぶ。さらに——ヒビルも。歯を食いしばって、飛び込み台を運び始めた。飛び込み台は海中で動かないように、厚めのL字型鉄アングルで重く作られており、結構な重量があった。反射を防ぐために、つや消し黒のアングルが用いられている。その高さ三〇《セン》《チ》の飛び込み台は、一台が二五《キ》《ロ》もある。それをヒビルが必死になって運んでいる。

滝沢はヒビルに声を掛けた。

「ヒビル、無理するな」

ヒビルは、飛び込み台の重さによろめきながら応えた。

「マイカイッ！アイム　オーケー」

滝沢は飛び込み台をカメラ近くの砂浜に置くと、すぐに引き返してヒビルに駆け寄った。ヒビルから飛び込み台を受け取る。

「マハロ　ヌイ　ロア……サンキュウ　ベリイ　マッチ」

よほど重たかったのだろう。ヒビルは素直に飛び込み台を渡した。飛び込み台を置いた長嶋がヒビルに声を掛けると、二人で集会用テントに向かった。

長嶋とヒビルは、集会用テントの端の荷物置き場から、一つずつ黒いバッグを持ってスタッフのところに戻ってきた。バッグの一つには、赤と白に塗り分けられたＦＲＰ（繊維強化《せんいきょうか》プラスチック）の平べったいロープ付き浮き輪が二点と、何本かの細引《ほそび》きが入っている。もう一つのバッグにはトランジスタ・メガホンが一台とプラスチック・メガホンが二個入っていた。手透《てす》きになった照明部の渡辺と秋山が、三台を細引きでしっかりと結び合わせた。高さ九〇《チセン》の飛び込み台ができた。

滝沢はＴシャツと短パンを脱いで、水着になった。長嶋も白い帽子とＴシャツ、短パン、白の運動靴を脱いだ。渡辺も秋山も水着になる。ヒビルもＴシャツを脱いで短パンになる。誰もが無言だった。

滝沢と長嶋とヒビルとで飛び込み台を担《かつ》いだ。ヒビルの背が低い分だけ、台はヒビルの方に傾いた。

「俺が担ぐよ。身長が揃ってないと担ぎにくいだろう……」

渡辺がヒビルの背中を押すようにして、ヒビルと代わった。

「滝沢ちゃんもこれ持って、連絡に当たった方がいいよ」

秋山が、潰れて少し変形した、黄色いプラスチック・メガホンを手渡しながら、滝沢と交代して飛び込み台を担いだ。

三人の男達が飛び込み台を肩に載せて、ザブザブと海の中へ入っていく。神輿《みこし》を担いでいるようだった。滝沢もプラスチック・メガホンを首から下げ、浮き輪を持って三人の後に続いた。ヒビルがもう一つの浮き輪を持って、滝沢の後を追ってくる。

沖に向かって三〇《メートル》ほど進むと、水深が胸の高さになった。滝沢はメガホンを口に当てて、辰巳に向かって叫んだ。

「どうですかァ、この辺でェ？」

「距離はオーケーッ、位置はァ、もうチョイ上手《かみて》ェ、もう少しィ……」

辰巳がメガホンで応えた。辰巳の指示する左方向に少しずつ移動する。バックの綿雲とのバランスを計っているのだろう。

「オーケーッ、そこだァ、そこォ」

辰巳の言葉に、長嶋と渡辺と秋山が、飛び込み台を縦にして沈めた。一番上の鉄の踏み板を波が洗っている。高さはちょうどいい。

白いビキニの麗子、黒いワンピース水着の由美、競泳用のツルリとした虹色の水着の恵子が、飛び込み台の所にやってきた。

麗子が飛び込み台に近付くと、渡辺と秋山が台を支えた。麗子は傍《かたわ》らの滝沢に手を伸ばすと、右肩と右手につかまって、梯子を昇るように台に上がった。下から見上げると、長い脚が一層長く見えて、腰が高い位置にあった。

滝沢がメガホンで叫ぶ。

「飛び込む方向はァ、下手《しもて》ですかァ、上手《かみて》ですかァ？」

「下手ェ、下手に向かって飛び込むゥ」

辰巳の声がメガホンで返ってきた。滝沢から浮き輪を受け取った長嶋に続いて、ヒビル、由美、恵子は、麗子が飛び込む海面の先の方へ移動した。

「まだダメーェ。まだバレてるぞォ。もう四、五メートル先ィ……オーケーッ」

辰巳がメガホンで叫んだ後、ファインダーに目を当てるのが見えた。辰巳がそのまま動かなくなった。全ての準備が整った。

「黒田さーんッ、『本番』で息を吸ったらァ、『ヨーイ』でェ、僕たちはァ、海に潜《もぐ》りますからァ、『スタート』くださーいッ」

滝沢がメガホンで黒田に最終確認をした。

「――わかったァ――」

トランジスタ・メガホンを通した黒田の声が聞こえてきた。

滝沢は、飛び込み台を支えている渡辺と秋山に確認した――黒田さんの『本番』の声で短く息を吸ったら、『ヨーイ』で海に潜る。そのまま麗子が飛び込んで浮上するまでの数秒間、海中で台につかまったまま、海面上に顔を出さないで――

――オッケーオッケー！渡辺と秋山が頷いた。滝沢は首から下げたメガホンの紐《ひも》を縮《ちぢ》めて、いつでも潜られる態勢を取りながら叫んだ。

「こちらスタンバイ、オーケ……」

「――ヨーイッ――」

滝沢は咄嗟《とっさ》に頭を沈めた。思いがけないタイミングで黒田の声が響いた。その後すぐに海中でメガホンを通した黒田の声を聞いた……スタートォ……

ビターンッ！激しく水を打つ音がしたかと思うと、麗子の手足の長い身体が泡に包まれながら、前方の海中に沈んでいくのが見えた。滝沢は潜ったまま海底を蹴《け》って、麗子の後を追った。飛び込んだ勢いで三、四《メートル》進んだ麗子が、海底に足を着けて海面上に顔を出すのを確かめてから、滝沢も顔を出した。麗子のビキニのトップスがずれている。麗子がトップスを直し終わるのを待って、近付いた。

海中でも、水面に打ちつけた麗子の身体が、胸から腹にかけて赤くなっているのが分かる。麗子は水で打った腹が痛むらしく、肩で大きく息をしながら腹を抱え込んでいる。顔からはサングラスが失われていた。

「何やってんだヨーッ、バレてたぞォ、潜るのが遅いんだよォ……」

黒田がメガホンで叫んでいた。黒田の発したスタートのタイミングが、打ち合わせと違っていて、渡辺と秋山は潜るのが遅れたようだった。

「フザけんじゃねえよ、クロの野郎……打ち合わせの段取りと全然違うじゃねえか！」

渡辺が吐き捨てるように言った。しかし、その音は波の音に掻き消されて、キャメラ横にいる黒田までは届かない。

恵子が、麗子を心配して近付いてきた。

「大丈夫？水で打ったところ、痛くない？」

「ウウン、平気。当たった時は痛かったけど、もう何ともない」

麗子はそう答えたが、色白の腹はまだ赤味がかっていて、飛び込んだ時の衝撃《しょうげき》の強さを物語っていた。


麗子が無事だと分かると、滝沢はサングラスの行方が気になった。立ったまま目を凝らして透き通った海中を見てみたが、それらしい物は見当たらない。

「サングラスを捜さなくちゃ……」

由美が近付いてきて、滝沢と一緒に海の中を覗き始めた。

長嶋の提案で、飛び込み台から麗子が立っている位置までの海中を、全員が横一列になって手をつなぎ、海中を注意深く見ながら歩いた。ヒビルはわずかに浅くなっている浜辺側を歩いたが、海水はヒビルの鼻までの深さがあって、波が寄せるたびに大きくジャンプした。

透明度の高い海は、海面の上からでも自分の足の指がはっきりと見える。四《メートル》進んだ海底では、麗子のクリアピンクのペディキュアが海水の中で揺らめいていた。

「サングラスが外れてしまったのでェ、全員で捜していますゥ」

滝沢はメガホンで状況を伝えた。

「気をつけてなァ」

辰巳がメガホンで返してきた。

滝沢は静かに息を吐きだすと、浅い海中に潜ってみた。四、五メートル《メートル》先に、潜りながらサングラスを捜すヒビルの姿があった。ヒビルは水棲動物《すいせいどうぶつ》のように、海底をゆったりと移動している。

海流はそれほど強いとは思われなかったが、麗子が飛び込んだ付近の海底には筋状の白い砂模様が続くだけで、異物はなかった。軽いプラスチックのサングラスが海底に沈むまでには時間がかかり、その間に波にさらわれたとしか考えられなかった。

徐々に捜索範囲を広げながら、三〇分ほどサングラスを捜した。サングラスは掻き消されたように、忽然《こつぜん》とその姿を消していた。まるで海に存在してはいけないかのように――

明るい海の中では、移動する人間の身体によって乱された海水が、不規則に太陽の光を反射させた。時折海底に小さな影を造るのは、砂と同じ亜麻色《あまいろ》の、保護色の小魚ばかりだった。

「一旦引き上げましょう。お昼も過ぎているし……」

滝沢に促されて、全員がサングラスを捜すのを止めて浜辺に向かった。長嶋と渡辺と秋山は、飛び込み台を横にして、海の中を担いでいった。ヒビルは二つの浮き輪を両脇に抱えている。滝沢はメガホンで一度戻ることを伝えると、一番後ろを歩いていった。

浜辺に上がった滝沢に、山地が慌てて聞いてきた。

「サングラスを失《な》くしたんだって？」

「はい、すみません。海は澄んでいて足元まではっきり見えますし、海流もそんなに強くは感じられないんですが……」

「あれはまだ発売してない商品なんだぞ！」

「……ハイ。申し訳ありません……」

「飛び込んだら、そのショックで、サングラスが外れることくらい予想できただろう」

「……すみません……」

山地と滝沢のやり取りを聞いた鈴本が近寄ってきた。

「いいですよ、山地さん。どうせあと一カ月もすれば出回る物だし、予備も持ってきてるんだから」

「でも、かけがえのない商品ですから」

山地の言葉は、クライアントである鈴本を意識してのように思われた。

「光量によって色の濃度が変わるサングラスは、御社の開発室の方々の、汗の結晶でしょうし、我々もこのサングラスを売るためには、並々ならぬ努力をするつもりですから」

露骨《ろこつ》なアピールだと思った。山地の一言一言に、自分はこんなにも商品を大事にしているんだ、という作為的《さくいてき》なニュアンスが感じられた。

二〇年前の大学時代、応援部に籍を置いていたという山地は、立場が上の者に対しては、卑屈に見えるぐらいへりくだっていた。その反動で、目下の者に対しては、高飛車な態度に出ることが多かった。芸術学部の写真学科を出た山地は、芸術学部の映画学科を卒業した滝沢の一八年先輩でもあった。

「サングラスに紐《ひも》を付けた時、どうしてテストしなかったんだヨ？」

黒田が滝沢に詰め寄ってきた。

「……申し訳ありません……」

謝るしかなかった。滝沢は、東京体育館のプールでテストしたことは黙っていた。テストは一回だけだったし、飛び込みの姿勢も、滝沢がイメージしていたのは、脳天から入水するフォームだった。できるだけ垂直に近い角度で水面に入り、水しぶきは少なく――

顎を出して、喉や腹から着水する衝撃の大きい飛び込み方は、予想だにしなかった。だが、それは言い訳に過ぎない。どんな飛び込み方をしようと、サングラスが外れないだけの工夫が必要だったのだ。

「普通、外れないかどうかテストするんじゃないか、こういう場合?」

黒田は執拗《しつよう》だった。

「あのゴム紐で外れないと思ったんです」

「思っただけじゃダメだヨ。あのサングラスを誰かが拾ってかけたらどうなると思う? 未発表の商品が世の中に登場することになるんだぞ」

「クロちゃん、大袈裟《おおげさ》過《す》ぎるヨ。この浜にいるのは俺たちだけだし、そんなことは万に一つの可能性もない」

辰巳が黒田を諫《いさ》めるように言った。

「分からないじゃないですか、そんなことは……我々が日本に帰った後でその坊主が拾って、サングラスをして得意げに学校へ行くことだって考えられるし……」

黒田はそう言うと、ヒビルの方を顎でしゃくった。ヒビルは黒田の様子から、自分のことを言われていると察したらしく、不安そうな顔をした。

「ヒビルはそういう子ではありません」

それまで滅多に口を挟むことのなかった長嶋が、静かに、しかし毅然《きぜん》と言い放った。

「ヒビルは……何が大切で、どういったことが信義にもとることか、十分にわきまえています……大人と同じです」

日焼けした顔に、年齢よりずっと多くの皺《しわ》を刻み込んだ長嶋の言葉には、重みがあった。丁《てい》寧《ねい》で朴訥《ぼくとつ》なその口調は、長嶋の人柄と生き方を表わしていた。海外で暮らす日本人特有の礼儀正しさを身につけている。

気まずい沈黙の時が流れた。

「……よろしければ、昼食にしましょう……」

滝沢がポツリと言った。長嶋は、ヒビルに機材を見張っているように告げると、スタッフをロケバスへと促《うなが》した。

滝沢は、ヒビルと一緒に残ることを長嶋に伝えた。このビーチに誰かが来ることは考えられなかったが、万が一、何かあった時に、ヒビル一人では責任を取ることができない。

さらに、昼食の時間にも、一人でもう一度サングラスを捜してみるつもりでいた。

滝沢は長嶋に一〇〇ドル札を三枚渡して、食事のレシートを貰《もら》ってきてくれるように頼んだ。

長嶋は、滝沢とヒビルには、ハンバーガーとフライドチキン、飲み物を買ってくると言って、ロケバスに向かった。

草地の後ろ、ヤシ林の向こう側に砂埃が舞い上がり、砂埃が薄れるにつれて、ロケバスの走行音も遠ざかっていった。


気持ちのいい青空が広がっていた。上空の突き抜けるような青は、日本の晴れ渡った秋空に似ていた。二九度の気温も不快ではない。島に着いてまだ二日しか経っていないのに、滝沢の身体は大分、島の気候に馴染《なじ》んできた。昨日、空港に降り立った時の、あの圧迫されるような空気は一体何だったのだろう。

滝沢は荷物が置いてあるドームテントに入った。効率よく熱を遮る機材テントの中は、撮影機材やフィルムボックスの他に、衣装ケースや由美のハードケースまで置かれていた。長身の麗子には、狭くて暑い着替えテントよりも、幅が広い機材テントの方が着替えやすかったのだろう。

機材テントの上方、一番高くなっている天井部分のフックに、麗子の水着がハンガーに掛けられてぶら下がっていた。濡れた純白のビキニは、極端に面積が少なく、よくこれで身体を包めるものだと思うぐらい小さかった。

テントを透過してくる淡いオレンジの太陽光が、様々なジュラルミンのケースを鈍く光らせている。ハイテク機の爆弾倉のようなテントの隅に、恵子の私物でメイクの道具が入ったタックルボックスがあり、その隣に滝沢が置いた小道具ボックスがあった。中には、ガムテープ、細引き、工具、つや消しスプレー、折り畳み式スコップ、ビニールシート、布バケツ、ハサミ、カッター、ナイフ、ピンセット、サンオイルや日焼け止め、虫除けスプレー、救急セットなど、様々な物が秩序よく並んでいた。外科医の手術道具のようにも見える。小道具ボックスには、二個のプラスチック・メガホンを取り出した空間が、そのまま残っていた。

滝沢は、サンオイルや日焼け止めの入ったビニール袋から、競泳用のゴーグルを取り出した。その使い慣れたゴーグルは、滝沢の私物で、水中での作業が発生した場合のことを考えて、小道具ボックスに入れておいたものだ。

後ろで二つに分かれたゴムのバンドを、後頭部のへこんでいる所と、つむじの下にできるだけ離して掛けた。黒い遮光性《しゃこうせい》のレンズを通して見ると、テントの中は、キャメラのショウウィンドウを彷彿《ほうふつ》とさせた。全体は調和がとれているが、一個一個は個性的な物たちだ。機材の原産国は、キャメラ本体とファーストレンズがドイツ、ズームレンズはフランス、フィルムはアメリカ、アクセサリー類は日本とイギリス……金属質の鈍い輝き、硬質の直線、容積以上の重量感、精密機械の堅い黒、防御の冷徹さ……そんな中で、濡れて垂れ下がった麗子の水着だけが、生身の人間の存在を感じさせた。

テントの外へ出ると、ヒビルがいた。ヒビルもゴーグルをつけている。だが、それはゴーグルと呼べるほどの物ではなく、黒くて丸いゴムに縁取られた、素ガラスの水中メガネだった。滝沢も子供の頃、同じような物を持っていた。

水中メガネをかけたヒビルは、サングラスを捜すつもりでいる！

「一緒に捜してくれるのかい？」

日本語で聞いた。ヒビルは勘がよさそうで、簡単なことなら、日本語でも十分意志が伝えられそうだった。

「アエ、エ　ヘレ　プー　カーウア……レッツゴー　トゥギャザ」

ヒビルは、例によってハワイ語と英語で応えた。

滝沢はヒビルと一緒に海に入っていって、水深が腰の高さになった所で潜ってみた。ゴーグルをした目に、熱帯の眩い海が飛び込んできた。太陽の光が少しも減じられることのない浅い海中は、透き通った水色の別世界だった。水圧の中で、何もかもが明瞭に存在している。

クラゲに似た波の丸い影が、白い海底に光の模様を作り、それは絶えず形を変えて揺らめきながら、大きくなったり小さくなったりしていた。

一旦水面上に顔を出し、肺に深く息を吸い込んで、身体を水中に投げ出す。身体は重量を失って水中を彷徨《さまよ》う。身体が浮きたがると、少し息を吐く。泡が出て、身体が浮くのを止める。身体と脳が同化する。海水が余分な体温を奪っていく。海中は風も音もなく、重力からも解き放たれる独立した世界だった。

息を吸っては潜り、息を吐きながら、二〇米《メートル》進むことを繰り返した。知らず知らずのうちに思考は消え失せ、ヒビルの存在も頭から消えていった。青い海の中を近づいてくる原色の熱帯魚が、その華麗な色彩で、滝沢の目を引き付ける。しかし、滝沢の視線が海底に注がれているわずかの間に、それらの生きた宝石は跡形もなく消え去ってしまう。

いつの間にか水深が顎までになっていた。四〇分もサングラスの黒い影を捜し続けている。海底には空き缶も瓶も、ゴミでさえも見当たらなかった。

ヒビルは?

慌てて周囲の海を見渡した。ヒビルは一五米《メートル》後方で、息を吸っては潜ることを繰り返している。ヒビルにとっては辛《かろ》うじて足が届く深さで、波の上にピョンとジャンプして頭が突き出たかと、すぐに水没した。

危ない！

「ヒビル、戻れ！もういい。戻れ！戻れ！」

滝沢は大声で叫ぶと、ヒビルに向かって泳いだ。ヒビルは潜る直前、波の上に顔を出したかと思うと、小さく頷いた。そして素早く反転すると、浜に向かって泳いだ。

浜辺に上がった二人は、ビーチパラソルの陰で大の字になった。

滝沢は高い青空を見上げた。身体は心地よい疲労を覚え、肩が軽くなっていて、頭は空っぽになっていた。波の音だけが聞こえる。ザブーンッ、ザブーンッ！サングラスは遠ざかり、スタッフのざわめきは遥か昔のことのように思われた。ザザーッ、ザザーッ……

涼しい潮風に吹かれながら、滝沢はヒビルに聞いた――家族のこと、学校のこと、友達のこと、休みの日の過ごし方、なぜ長嶋の仕事を手伝うようになったのか……

滝沢が片言の英語で尋《たず》ねると、ヒビルは分かりやすい英語で答えた。


――ママと一〇歳の弟の三人家族。僕は小学校の八年生で一四歳。今は学校を休んでいる。

友達は男の子が多く、休みの日にはよくビーチへ行く。

家では七羽の鶏を飼い、菜園もある。レタスやトマト、ホウレンソウ、アスパラガス、キュウリ、ネギ、ダイコン、ゴボウ、ナス、カボチャ、オクラまで作っている。トウモロコシやスイカの畑があり、パパイヤも庭に何本か植えてある。バナナの木もあるが、バナナの木はバナナが実ると枯れてしまうので、切らなければならない。アロエも植えられていて、日焼け、火傷《やけど》、虫刺され、皮膚病に使う。菜園と畑の収入は少ない。弟は学校から帰ると、大きな屋敷の芝刈りをしに行く。庭にパパイヤやバナナを植えていると、税金が安くなるとママが言ってた――

滝沢はホームグロウン、バックヤーズなどの単語は理解できたが、いくつか分からない野菜の名前が出てきた。そんな時、ヒビルは身体を起こすと、うまく伝えられない野菜の絵を砂に描いた。滝沢も上半身を起こして、その絵を見る。オクラはヘタや筋の入ったさやの特徴がよく出ていて、すぐに理解できた。ガンボウ……

ヒビルが最後に言った、ミュニサパル・プロパティ・タックス――という言葉も解らなかった。何かを目的とした税、ということは理解できたが……

「何の税金なんだろうな……」

思わずつぶやいだ日本語での独り言にヒビルが応えた。

「固定資産税――」

「！」

一瞬、自分の耳を疑った。ヒビルが発したのは、紛れもなく日本語だった。滝沢は驚いてヒビルの顔を見た。

「日本語がしゃべれるのか！」

固定資産税という難しい言葉を知っていることも驚きだったが、日本語を話せるという単純な事実に、衝撃を受けた。てっきりヒビルは日本語を話せないと思い込んでいた。実際、ヒビルはこれまで一度も日本語を話したことはない。

「どうして今まで隠してたんだ！」

返事をする代わりに、ヒビルはじっと滝沢の眼を見つめてきた。唇が震えている。両目に悲しみの色が浮かんだ。その右目からボロボロと大粒の涙をこぼした。

ヒビルは滝沢の顔から視線を外すと、遠くの海を見ながらしゃくり上げた。

「……に、に、日本語……日本語を、使っちゃ、い、い、いけ、いけないって……」

それだけ言うのがやっとだった。肩が大きく上下している。

「……ウ、ウッ、ウッ、ウーッ、ウウーッ、ウーッ！」

泣きたいのを必死になってこらえている。ヒビルが可哀そうだった。

「……」

ヒビルに掛ける言葉が見つからなかった。

「……な、な、長嶋、長嶋さんから……」

「……」

「……に、日本語、日本語が、分からない、振り……をしていると、ぼ、僕、僕の前では、た、大切なことを……しゃべ、しゃべるかもしれないって……」

「！」

「……そ、そうしたら、後、後で……長嶋さんに伝えるようにって……」

「そんなバカな！コーディネイトフィーは、日本を発つ前に長嶋さんと決めてあるんだぞ！」

つい声を荒げてしまった。泣きじゃくっているヒビルに……

ヒビルは動揺していた。どうすればいいのか分からずに戸惑《とまど》っていた。悲しみとともに……信じられなかった。日本を発つ前に何度か電話で話したのと、ここ二日間のほんの短い付き合いだが、滝沢は長嶋をすっかり信用していた。まさか長嶋がヒビルにスパイもどきのことをさせているとは……

「……ヒビル、君が日本語を話せるっていうことは、誰にもしゃべらないでおくよ。だから君も……これまで通りにした方がいい……」

それだけ言うのがやっとだった。裏切られた気持ちでいっぱいだった。長嶋に、そしてヒビルにも……

いつの間にか波の音が高くなって、ヒビルの泣き声を消した……ザブーンッ、ザブーンッ！


ヤシ林の中から弾んだ話し声が聞こえた。スタッフが昼食から戻ってきた。辰巳を中心とした撮影部、照明部、由美、恵子、麗子の間には打ち解けた雰囲気があって、笑いが起きていた。鈴本も美香もスタッフに馴染んできたようで、一緒になって笑っている。

黒田と山地だけが浮いていた。二人はスタッフに馴染めず、距離を置いて歩き、ビーチパラソルから離れた草地に、ポツンと腰を下ろした。

長嶋が滝沢とヒビルに、紙でできたランチボックスを持って近づいてきた。

「昼食は一九三五年に建てられた、サトウキビ畑の地主の家で食べてきました。地主といっても当時は桁外《けたはず》れの大金持《おおがねも》ちで、メインダイニングが、現在はレストランになっているのです。そこでランチを作ってもらってきました」

ランチボックスの中には、ローストビーフのサンドイッチ、フライドポテト、カットしたオレンジにグァバジュースが入っていた。結構なボリュームだった。滝沢は、礼を言ってランチボックスを受け取ったが、表情が強張《こわば》っているのが自分でも分かった。

長嶋は財布を取り出すと、レシートと釣銭を渡してきた。多めにと思って三〇〇ドル渡した昼食代の残りは、五〇セントコイン一枚だけだった。滝沢とヒビルを含め、一人二〇ドルのランチは高いように思われた。レシートの数字もレジスターで打ち込まれたものではなく、外国人特有のハネ上がった手書きのものだった。滝沢は長嶋に対して黒い疑惑を抱《いだ》いた。


島の南部に位置するビーチは、一日中好天に恵まれた。島の北部と東部は雨の日も多く、特に島の中央にそびえる一、六〇〇《メートル》の山の頂上は、一二、〇〇〇《ミリ》という世界一の年間降雨量を記録する。しかし、そこから一五《マイル》しか離れていない西海岸では、年間降雨量は三〇〇《ミリ》、わずか四〇分の一なのだ。島の地勢を熟知した長嶋が説明した。

ロケ隊以外は誰もいないビーチで、午後の撮影が始まった。

麗子はドームテントの中に入って、濡れていない予備の水着に着替えた。午前中に着ていたのと全く同じ純白のホルターネック。うなじの辺りでトップスの紐を結ぶスタイル。由美は濡れた水着を、着替えテントに持っていって陰干《かげぼ》しにしていた。直接太陽に当てて乾かすと、変色する恐れがあることを心配したのだろう。

真新しいサングラスに前よりも太い黒のゴム紐が付けられ、麗子が掛けた。由美と恵子がサングラスを何度も引っ張っては、締まり具合を確かめた。

「いいですか、黒田さん！演出だったら、ちゃんと打ち合わせ通りやってくださいヨッ！テストもなしでいきなり本番でやるんだから、段取りぐらい守ってよネッ！全くやりにくくてしょうがない。いいですかッ、本番、ヨーイ、スタート、ですからネッ！」

小柄な黒田を見下ろすようにまくし立てる渡辺の口調は、きつかった。午前中の黒田の合図の出し方への不満だけでなく、黒田を演出家として全く認めていない口ぶりだった。

「……分かった」

やっと答えた黒田の顔は青ざめていて、立場を無視された憤《いきどお》りのために、鼻の下の髭がブルブルと震えていた。

午前中と同じ地点の海中に、飛び込み台が置かれた。全員が午前中と同じ配置につく。麗子が飛び込む時に蹴る衝撃で、飛び込み台が水面から顔を出さないように、渡辺と秋山が押さえつけることになっている。麗子が滝沢の手を借りて、飛び込み台の上に立った。濡れた身体が光っている。張りのある太腿《ふともも》がピッタリと合わせられて、わずかに踵《かかと》を浮かせた両脚《りょうあし》が、真っ直ぐに空に伸びている。

滝沢は周りを見渡して、全員がスタンバイしているのを確認すると、浜に向かってメガホンで叫んだ。

「スタンバイ、オーケーでーすッ」

「いくぞー」

トランジスタメガホンで増幅された黒田の声が返ってきた。海にいるスタッフと麗子に緊張が走る。

「本番ヨーイ」

しまった！と思ったが、もう遅かった。慌てて首をすくめた。辛うじて頭が海中に潜った。息を吸っている暇がなかった。頬を膨《ふく》らませ、苦しさを我慢し、海中で次の合図を待った。

……スタートォ……

海中で黒田のくぐもった声を聞いた。息が苦しかった。

——ビターンッ！——

大きな音を立てながら、もがくような恰好《かっこう》で、麗子の白い身体が海の中に降ってきた。滝沢は口と鼻から息を吐きながら、浮上した。ヒュー――笛を吹くような音を出しながら素早く息を吸うと、海中の麗子を目で追った。長身の麗子の身体に、泡がまとわりつくように発生していた。泡のドレスを着ているかのようだった。麗子は赤ん坊が立ち上がるように、海底に両足をつき、海面に顔を出した。サングラスが外れている！麗子は海面上で大きく息を吸った後、苦しそうに咳込《せきこ》んでいる。

滝沢はとっさにサングラスを捜した。外れたサングラスが、麗子の前方二《メー》《トル》の海中を、海の生き物のようにゆっくりと移動していた。焦《あせ》って海面上で無理やり一呼吸すると、滝沢は海底を蹴って水平に身体を投げ出した。ゆらゆらと揺れながら海中を落下するサングラスは、手を伸ばした滝沢の一《メー》《トル》先で、海流に流され方向を変えた。滝沢が三度《みたび》息を吸って潜ると、サングラスは小魚が泳ぐように、左に回りながら海底近くまで落下していく。

苦しいのを我慢してサングラスを追いかけた……しかし、身体がいうことをきかない。滝沢はサングラスを見失う不安を覚えながら、海面に顔を出して四度目の呼吸をした。急いで潜った滝沢の目の前を、褐色《かっしょく》の細いイルカが横切っていった。ヒビルだった。ヒビルは滑らかな泳ぎで海底に近づくと、手を伸ばして黒い物体を拾い上げた。そのしなやかな身体が海の中で直立した時には、右手にしっかりとサングラスが握られていた。

安心した滝沢は、麗子を見た。恵子と由美が、むせ返っている麗子の顔を心配そうに覗き込んで、その丸まった背中を擦《こす》っていた。

「ダメェ、NG！バレバレだァ。麗子が顔を出す前にィ、照明部がバレちゃってたァ！」

浜辺から黒田の声が聞こえてきた。

NGの原因は明らかだった。黒田の発した「本番ヨーイ」の合図だ。「本番」で息を吸い込み、「ヨーイ」で潜る。「スタート」で麗子が飛び込み、麗子が海面から顔を出したのを確認してから、照明部と滝沢が顔を出す。そういう段取りになっていたはずだった。今の合図では「本番」で息を吸い込む時間がなかった。照明部の渡辺と秋山は、咄嗟《とっさ》に頭を沈めはしたものの、堪《こら》え切れなくなって麗子よりも早く浮上してしまったのだ。

「本番」と「ヨーイ」の間《あいだ》には、『間《ま》』が必要だった。その『間』は短すぎても長すぎてもいけない。生理的に気持ちのいい『間』というのがある。それは理屈ではなく、体得《たいとく》すべきものだ。

編集ではフィルムが回った分だけ使うわけではない。この大ロングのカットで使うのは、広い海の真ん中で、麗子が空中の高い位置から飛び込み、海に消えるところまでだ。飛び込む前と、飛び込んだ後は、カットされる。

次のラストカットで、海の中を進む麗子が、海面上に顔を出す胸から上のバストサイズになる。真正面の海中から浮上した麗子の顔には、サングラスが掛けられている。麗子がサングラスを外すと、画面センターにアルファベットで『TOYO SUNGLASS』の細めのロゴが決まる……谷村の画《え》コンテではそうなっていた。この大ロングのカットで使える秒数は、せいぜい一秒半位のもので、その秒数からすると照明部の二人もバレていないかもしれない……

「それにィ、麗子の飛び込み方ァ、下手くそォ。ナンカ変だァ。もっとナンカ別の飛び込み方ァ、あるだろォ」

追い打ちをかけるように、メガホンを通して黒田の声が聞こえてきた。

「ちょっと貸して！」

渡辺が滝沢に近寄り、ひったくるようにメガホンを手にすると、黒田に向かって怒鳴った。

「いい加減にしろッ、黒田ッ！打ち合わせ通りやれーッ！本番、で一呼吸おいてから、ヨーイ、だろうーッ！打ち合わせと全然違うじゃないかーッ！麗子の飛び込み方だってヘタな方がいいって言ったのはお前だぞォーッ！何やってんだヨーッ！全くーゥ」

メガホンを通さなくても、浜辺に届きそうな大声だった。渡辺は完全に頭に血がのぼっていた。言ってることは正しかったが、興奮して黒田を呼び捨てにしたり、お前呼ばわりした。広告代理店のクリエイティブ・ディレクターは、制作現場では最高責任者になる。その黒田を、渡辺は激しく糾弾《きゅうだん》した。激高《げっこう》して切れてしまった。

　誰もが黙り込んだ。ザバーン、ザバーンという波の音が大きくなった。

　海にいるスタッフ全員が、浜を見た。浜では遠目《とおめ》にも黒田が固まっているのが分かった。黒田はメガホンを手にしたまま、呆然《ぼうぜん》としていた。信じられないというように動きを止めている。俺を誰だと思っているんだ——憤怒の余り、表情も身体も強張《こわば》っていた。

　浜全体が険悪なムードだった。滝沢は海の中にいるスタッフに、浜に上がるように言った。とても撮影が続けられる状況ではなかった……


　浜へ上がると、滝沢は三〇分間休憩《きゅうけい》にすることを告げた。クーラーから水と氷とソフトドリンクが出され、紙コップが配られた。

　黒田は渡辺から視線をそらし、渡辺も黒田を無視した。黒田と渡辺の間には大きなしこりが残った。伝染するように黒田と他のスタッフの間にも気まずい雰囲気が漂い、亀裂《きれつ》が生じた。

　重苦しい空気の中で休憩時間が過ぎた。無言の太陽が強い日差しを放っている。

「……隊長、やっぱりお前が演出してくれよ。谷ヤンのコンテはしっかりしているんだし、後は呼吸が合えばいいわけだから……クロちゃん、それでいいだろう？」

辰巳はキャメラを取り囲むようにして集まったスタッフを前にして告げると、最後は一人離れた黒田を振り返って言った。

黒田は、滝沢に近づくと手にしたトランジスタ・メガホンを黙って渡し、重い足取りで鈴本夫妻と山地がいる集会用テントに向かった。

滝沢は覚悟を決めた。自分が演出をすることで、黒田が不快感を示すかもしれないが、今回のロケは何としても成功させなければならなかった。でないと、谷村に合わせる顔がない。

滝沢は、スタッフに飛び込みのカットをどう撮るか説明した——このカットでは、海の広さと開放的な明るさが狙いだ。麗子は海と空の風景に溶け込む必要があり、そのためにはできるだけ自然に飛び込まなければならない。麗子には風景の一部になってほしい。編集で使うのは飛び込んだ直後までだから、無理して何秒間も潜っている必要はない……

「とにかく肩の力を抜いて、伸び伸びとやってみましょう」

そう言って滝沢は説明を終えた。

演出と撮影部を除いたスタッフが海に入り、配置に着いた。浜辺に残った滝沢は、キャメラを覗く辰巳の脇で膝を付き、海を見る。辰巳がファインダーから目を離し、立ち上がった。潮が満ちた分だけキャメラは後方へ移動し、飛び込み台も浜辺寄りに移された。キャメラを覗いていた辰巳の動きが止まり、撮影部の態勢《たいせい》は整った。

海では麗子が長嶋に支えられて台の上に立つ。

キャメラの横では、斎藤が微妙に変化する光量に合わせて、その都度キャメラの絞りを変える。ビニールシートをどかし、砂浜にどっかと腰を下ろした辰巳は、一言も発せずファインダーを覗き込んでいる。訓練を積んだ狙撃者のようだった。

「準備はよろしいですよォ」

フレーム外に移動した長嶋の、丁寧な言葉遣い――滝沢もメガホンで叫んだ。

「それじゃァいきまァーす……本番……」

渡辺と秋山が胸を張ったように見えた。麗子が身体を折って、両手の指をつま先にもっていく。

「……ヨーイ……」

すかさず川原がモーターのスイッチを入れる。シュルシュルシュルシュル――キャメラが回った。渡辺と秋山の頭が海中に没した。麗子の折られた身体が前方に傾いていく。シュルシュルシュルシュル――キャメラは回っている。

「……スタートォ……」

ポーンと軽く台を蹴って、麗子の身体が舞った。両腕は耳の後ろで揃えられ、くの字に折れ曲がった腰から先は、長い脚がきれいに伸びていた。緩《ゆる》やかな弧を描きながら、シュポッという小さなスプラッシュで、麗子は海に消えた。

今まで麗子が存在していたのが嘘のように、空と海と雲だけが広がっている。飛び込み台があるはずの所から意外に離れた場所で、麗子が顔を出した。渡辺の顔が見え、秋山もスーッと顔を出した。

フレームの外から長嶋とヒビル、恵子と由美が麗子のところへ、海の水を掻き分けるように近寄っていく。麗子の顔にはサングラスが掛けられたままだった。

「どうですか、今の？」

「キャメラはＯＫ」

滝沢の問いに辰巳は即座に応《こた》えた。

「それじゃあ、キープにさせてください。もう一度やりたいんです」

「いいよ、思う通りやりな」

辰巳の言葉を受けて、滝沢は、海にいるスタッフに向かってメガホンで叫んだ。

「キープ！今のはキープにしまァーす。飛び込みの角度と方向はＯＫだけどォ、もう一度やらせてくださーい。麗子さんはァ、今度は両脚を前後にィ、半歩分ずらしてくださーい。今のも脚がきれいに揃っててェ、イイのはイイんだけどォ、今度は半歩分、右足の踵と左足のつま先をォ離してくださーいッ！」

ジッとこっちを見ていた麗子が、頭の上に両腕で輪を作り、大きく頷くのが分かった。

スタッフがスタート位置に戻った。麗子が波の上に立つ。長嶋がスタンバイを伝えてくる。

滝沢が本番を告げる……ヨーイ……スタート……麗子が飛び込む。両脚は開かれていたが、膝が少し曲がっていた……もう一度だ。

滝沢は、今度は飛び込み台での麗子の立ち方を変えた。台の上で半歩分だけ足を前後にして立ち、そのまま飛び込むように伝えた。本番……ヨーイ……スタート……

麗子は前後に両脚を開いたまま素直に飛んだ。無造作に投げ出された身体が海に消えた。小さな水しぶきが上がった。何の違和感もなかった。滝沢には今の飛び込み方が、両脚を揃えた時よりもわざとらしくなく、自然に思われた。ダイナミックな風景の中で、麗子は自由に振舞った。誰にも邪魔されることのない開放感があった。麗子は野生に戻っている！

その後、バリアブルモーターの回転数を上げて、もう一度キャメラを回した。七二駒《こま》というハイスピードの回転数は、一秒の現実を三秒にしてフィルムに焼き付ける。スローモーションはイメージっぽくなるが、印象度は強い。麗子はすっかりリラックスして、遠くへ大きな弧を描きながら飛んだ。シュポッ！心まで解き放たれたかのようだった。後にはコバルトブルーの空と海だけが残った。ＯＫ！

……やっと最初のカットを撮り終えた……

九　スシ・バー

夕日を浴びたロケバスの中は、気持ちを静めるオレンジ色に染まっていて、窓から見える金《きん》色《いろ》の海も、波が静まって穏やかだった。

交通量の少ない海岸沿いの道を、バスは快適に走る。だが、ロケバスの中では話し声も聞かれず、沈んだ空気が支配していた。疲労のせいではなかった。

滝沢は役割上、いつも助手席に座っていたが、他のスタッフも最初にバスに乗った時の席順を、そのままキープしていた。ただ、ヒビルだけが最初とは違って、床ではなく麗子の隣に腰を下ろし、麗子と英語で話していた。父親がアメリカ人の麗子は、ネイティヴの人のように流《りゅう》暢《ちょう》な英語を話した。

ホテルに向かうバスの中で、滝沢は夕食のことを考えていた。ロケーションでは、顎・足込みという言い方をよくする。スタッフや出演者の交通費と食事代は、制作会社が負担することになっている。むろん宿泊費も。

滝沢は迷っていた。黒田と渡辺の対立に端を発した重苦しいムードを一掃するには、夕食は、全員でどこかに繰り出した方がいいのだろうか、それとも——

結局、滝沢はその日の夕食は各自でとってもらうことにした。気詰まりな雰囲気を和らげるためには、時間を置いた方がいいと判断したのだ。

ホテルのロビーで、滝沢は一人一人にレシートを書いてもらいながら、社封筒に入れた二〇ドルを渡した。滝沢は最後に、長嶋とヒビルにも二〇ドルずつ渡そうとしたが、長嶋は辞退した。

「自分は家で食べるから結構です。ヒビルの分もいりません。明日はまた朝九時にここに来ればいいですか？」

意外だった。滝沢は、長嶋はヒビルの分も含めて、二人分の夕食代を受け取ると思っていた。だが、当たり前のように、長嶋は夕食代を断った。

長嶋の言葉には気負《きお》いがなく、謙虚さだけがあった。滝沢は、明日も朝九時にロケバスで迎えに来るように頼んで、長嶋とヒビルを見送った。滝沢は長嶋という人間が解らなくなった……てっきり長嶋は夕食代を受け取ると決め込んでいた、自分の判断が間違っていたのではないか。自らの勝手な思い込み——胸に黒い不安がもくもくと湧き起こってきた……

滝沢は部屋に入ると、バスルームでTシャツと短パン、トランクス、水着を洗った。シャワーを浴びてさっぱりすると、干しておいたトランクス、短パン、Tシャツに着替える。着る物に神経を使う必要がなく、気が楽だった。

ホテルから歩いて五分ほどの、小さなショッピングセンターへ行く。そこでは食料品や雑貨を売る店の他に、遊覧ヘリの会社やブティック、レコード店、書店、レストランなどがテナントとして入っていた。

食料品店でハンバーガーとフライドチキン、コールスローサラダをその日の夕食用に買い、ミネラルウォーターやソフトドリンク、インスタント麺などを、ストック用に買い込んだ。若い男の店員は、これはサービスだと言って、ポテトチップスの袋を買い物袋の一番上に放り込んだ。礼を言って店を出る。

ホテルの部屋に戻ると、電話のメッセージランプが点滅していた。受話器を取るとランプが消えて、録音された山地の声が聞こえてきた。

――ああ、山地だけど……帰ってきたら内線くれないか? エート、今は、六時……二一分、ルームナンバーは――

そこまで聞くと、一旦受話器を置いた。腕時計を見る。六時三一分。二〇分前。再び受話器を取って内線番号を回す。山地だけでなく、全員のルームナンバーを覚えていた。

——アア、待ってたんだよ。どこ行ってたんだ? 買い出し? そうか。ところでさア、鈴本たちを寿司屋に連れて行きたいから、どっか寿司屋に送ってってってくれヨ。

俺もだけど何かもうこっちの食いモンに飽きちゃってさア。

じゃア、十分後にロビーでな——


気が進まなかった。独りきりの時間が欲しかった。身体よりも精神が疲弊《ひへい》していた。人一倍おしゃべりな山地と、夕食の間中《あいだじゅう》ずっと一緒にいるのは、気が重かった。

のろのろとバスルームへ行くと、生温《なまぬる》い水で顔を洗った。鏡を見る。覇気《はき》のない顔をした若者がいた。日に焼けてはいるが、精悍《せいかん》さはない。情けない表情だった。これではいけない。両手で水を汲むと、頬っぺたをビタビタ叩いた。一五〇〇メートルのレース前のルーティン。よしッ! 後はやるしかない。

気を取り直して、国際免許証の入った財布を短パンのポケットに突っ込んだ。シボレーのキーを手にして部屋を出る。階段を駆け下りて長い回廊を抜け、ロビーに着くと、フロントで寿司屋の場所を聞いた。

島でたった一軒の寿司屋は、車で一五分ほど走った町の、中心街にあった。

「へーイ、らっしゃい！」

五〇歳位の日本人の寿司屋の主人は、滝沢たちが入っていくと威勢《いせい》よく挨拶《あいさつ》して、カウンターに四人分のおしぼりを置いた。

先客は一人しかいなかった。ガラスのネタのケースを前にした本格的なカウンターの端で、四〇歳位の白人の男が、レインボーロールを食べている。背が高い銀髪の客は、背筋を伸ばして静かに味噌汁を飲み、いろいろな具が入ってカラフルになった太い巻き寿司を食べている。味噌汁を飲むときには器用に箸を使っていた。

鈴本夫妻を真ん中にして、鈴本の右側に山地が、美香の左側に滝沢が腰を下ろした。

「おーい、お茶。四名様」

寿司屋の主人が声を掛けると、暖簾《のれん》の奥の調理場から、奥さんらしい小柄な日本人の女の人が、四人分のお茶を持って現れた。丁寧にお辞儀をすると、湯呑を置く。

「いらっしゃいませ」

「ビール、ビールは何がある？」

慌ただしくおしぼりを使い終えた山地が、張り切って聞いた。

「相済《あいす》みません。酒は置いてないんです」

奥さんに代わって、主人が申し訳なさそうに答えた。

「エエ？ 寿司屋なのに酒がない？」

不満そうな山地の声が大きくなった。カウンターの端にいた白人の男が、訝《いぶか》しむようにこっちを見る。

「申し訳ありません。まだリカー・ライセンスを取得していないもんで……」

主人が恐縮しながら説明した。

「そこの信号のところにリカー・ショップがありましたよネ？」

山地と主人に割り込むようにして、滝沢が聞いた。店の隣りのパーキングに車を止めた時、道路を挟んだ斜め向かいに酒屋があるのが見えた。

「エエ、そこで買ってきてもらえると助かるんですが……」

主人が遠慮がちに答えた。

「持ち込めってこと？」

山地の言葉には少し棘《とげ》があった。

「ええ、ソフトドリンク以外は、お客様に持ち込んでもらってるんです。ウチは一向に構わないのですが……」

主人が困惑していた。

「ちょっと行って買ってきます」

滝沢は席を立った。アメリカではリカー・ライセンスを取るのが結構難しい、と聞いたことがあった。その代わり持ち込みを認めている店が多い。ホテルの部屋の冷蔵庫も空っぽで、宿泊客は自分で買ってきたものを冷蔵庫に入れる。

滝沢は酒屋で紙箱に入った缶のバドワイザー六本と、二合入りの冷酒を一本買った。それらは酒屋の大きな冷蔵庫でほどよく冷やされていた。

「ハウオールドアーユ」

「トゥウェンティシックス」

「ユールックヤンガー」

白い髭を生やした酒屋の主人は、にっこり微笑んでビールと酒をレシートと一緒に紙袋に入れた。念のために滝沢の年齢を確かめたのかもしれなかった。

寿司屋に戻ると、山地たちは既にオーダーを済ませたらしかった。滝沢は壁に掛けられたメニューを見て、日本蕎麦《にほんそば》があるのに気付いた。

「蕎麦《そば》があるんですか？」

「ええ、日本人のお客様のお口に合うかどうか、自信がありませんが……」

正直だと思った。富山県出身だという主人は、外国で働く年配の日本人がほとんどそうであるように、誠実で節度を保っているように思われた。滝沢は冷たいウーロン茶とざる蕎麦を頼んだ。バドワイザーがグラスに注がれ、山地の音頭で乾杯をした。滝沢はウーロン茶が入ったグラスを顔の前に掲《かか》げた。

「一杯いかがですか？」

寿司を握り続ける主人に、鈴本がバドワイザーの缶を手にして勧めた。

「じゃ、一杯だけ……」

主人はカウンターの陰から小さなグラスを取り出すと、律儀《りちぎ》に両手で受けた。冷えたビールを一気に飲み干して、主人はグラスを置いた。

鈴本は握り盛り合わせ、美香はちらし寿司を注文していた。山田は好みのネタをその都度握《つど》ってもらっている。ネタは、マグロやカツオ、ハマチ、サケやエビ、イカのほかにアカガイやアナゴまであった。日本の寿司屋と比べても遜色《そんしょく》がなく、ココナツやアボカドのネタがあるのが、外国の寿司屋らしかった。日本でも十分通用しそうなスシ・バーだった。

一〇分もすると、先客の白人男性が、カードで支払いを済ませて出て行った。山田はウニやイクラなどをつまみながら、しきりに鈴木に話しかけている。滝沢は美香の言葉に耳を傾けた。

美香は、ＣＭの撮影がこんなに大掛かりで、大変なものだとは思わなかった、と言った。

「今日だって、朝からやって撮影できたのは、たった一カットでしょう。普段は何気なく見ちゃってるけど、わずか一五秒のものを作るのにすごいエネルギーが必要なのねェ。渡辺さんは怒っちゃうし……」

滝沢は、渡辺と黒田の確執《かくしつ》には触れないで、差《さ》し障《さわ》りのない業界全体の話をした。

――ＣＭプロダクションは、東京だけで一三〇社もあって、プロダクションは仕事を獲得するのに躍起《やっき》となっている。広告代理店からの受注競争は、野生動物の生存競争に似ている。弱肉強食が当たり前で、どんな無理難題にも応《こた》えなければならない。仕事を取れば取ったで、またきついのだが、ＣＭ制作という職業は若い人には人気がある。実際、自分が今の会社を受けた時も、相当の応募者があったと聞いた。

しかし、せっかく苦労して入った会社でも、そのハードさに耐えきれなくなって辞めていく人が多い。自分も時々辛いと思うことはあるが、それはきっと他の仕事でも同じだと思っている――

「へい、お待ちどうさま」

奥さんらしい人が持ってきた盆を受け取った主人が、滝沢の前に置いた。ざる蕎麦はしっかりした歯ごたえと、山菜に似たほのかな苦みがあって、蕎麦の香りがたっていた。

「ところでさア、滝沢ちゃんヨ……」

カウンターの奥にいる山地が、身を乗り出すようにして滝沢に話しかけてきた。

「今日の撮影のことなんだけどサ、渡辺のあの態度はちょっとまずいんじゃないか？俺も黒田も、そのカットのことだけじゃなく、作品全体のことを考えてるんだからサ……飛び込みだけうまくいけばいいってもんじゃない、だろ。CMは商品が売れて初めて成功っていえるんであって、そこんところを勘違《かんちが》いされると困るんだよな。ただカッコイイ画《え》を撮ればいいってもんじゃないんだゾ……それは解るだろ？解るよな？」

何と答えていいのか分からなかった。山地の言っていることは矛盾《むじゅん》しているように思われた。

作品全体の流れからすると、飛び込みはシャープになされるべきだった。次のカットでは、海中を進んできた麗子が、勢いよく海面上に顔を出す。黒田が撮ろうとしていた、手足がバラバラの、腹から着水するような飛び込みでは、海中を潜って進む次の画に繋がらなくなってしまう……サングラスを掛けた麗子が浮上しても魅力的に見えない。サングラスが麗子を引き立たせない……シャープに飛び込んだ後、サングラスは麗子の顔の一部になっていて、サングラスを外した麗子の微笑みをよりチャーミングに見せる……

「俺たち代理店の人間というのはだナ、その作品のことはもちろん、どうしたら星の数ほどあるＣＭの中で目立たせるか、視聴者の意表を突くにはどうしたらいいか、そういう広告戦略に人一倍心を砕いてるんだぞ。単にかっこいいＣＭだったら、誰にでも撮れるんだよ。そこのところが渡辺は全然理解できてないんだよな。明日、お前から渡辺にちゃんと言っとけヨッ！」

「いらっしゃい！」

新しい客が入ってきて、主人が威勢《いせい》よく声を掛けた。二人連れの白人と黒人の女性客。彼女たちは、カウンターの一番端に落ち着くと、ソフトシェルクラブ・ロールとカリフォルニア・ロールを注文した。

「そういう訳だからサ、明日からは、渡辺にぞんざいな口を利かないようにさせろよ。立場をわきまえさせろ。でないと――」

入ってきた客によって話を中断された山地は、火種がくすぶるように再びしゃべりだした。不満が溜まっているようだった。

「そろそろ帰りませんか」

それまで黙って聞いていた鈴本が、山地の話を遮《さえぎ》るように立ち上がった。滝沢も立ち上がって、主人に勘定を頼んだが、鈴本に制止された。

「いいですよ、いいですよ、ここは……車で送ってもらったうえに付き合わせちゃったんだから。滝沢さんの分は僕がもつ。さっきのビールと日本酒代も払うから……」

「いいんですよ、鈴本さん。滝沢が払いますから」

脇から山地が慌てて止めに入ったが、鈴本は構わずに財布を取り出すと、主人に言った。

「盛り合わせとちらし、それから蕎麦とウーロン茶でいくらですか？」

「いいんですよ、鈴本さん。ロケの時の顎足《あごあし》は、プロダクションがもつことになってるんですから……」

山地の言葉に鈴本が声を荒げた。

「いい加減にしてくださいよッ、山地さん！僕もあなたも夕食代として二〇ドル受け取ったじゃないですかッ。何でもかんでもプロダクション、プロダクションって押し付けて！レンタカー代だって見積りには入ってないでしょう。僕らの荷物だって黒田さんが運ぶから持ってきてって言われたけど、全て滝沢さんがやってるじゃないですか！もうこれ以上、スタッフに迷惑をかけないようにすべきじゃないですか、僕もあなたも黒田さんも！」

鈴本の気迫に圧倒されて、黙り込んだ山地は渋々自分の分を支払った。その四三ドルという金額は、滝沢には特別高いとは思われなかったが、山地はホテルに着くまでの間中、しきりに高い高いと言い続けた……

ホテルの部屋に入ると、滝沢はバスタブに温《ぬる》い湯を張った。一日中太陽に晒《さら》された肌はまだ熱をもっていて、温めの湯でも湯に浸《つ》かった皮膚は少しヒリヒリした。水を出してバスの温度を下げながら、バスタブの中で寝そべる。日本のものよりも格段に広いバスタブは、縁に頭を載せてアームレストに肘《ひじ》を置くと、足が向こうの縁《ふち》に届かなかった。

水を停めて、ゆっくり身体を伸ばす。身体が弛緩《しかん》すると、脳裏《のうり》に昼間の出来事が浮かび上がってきた。それは何の脈絡《みゃくらく》もなく次から次に現れてきて、映画の予告編のように、断片的に表れては消え、消えては別のシーンが現れた。

——飛び込み台を担いで黙々と海の中を進む長嶋と渡辺と秋山。

——代理店の人間に指図《さしず》するなッ！黒田の激高《げっこう》。

——頭から飛び込んじゃいけないの？麗子の困ったような顔。

——俺がそうじゃないって言ってんだぞ！黒田の突然の怒り。

——ヨーシ、じゃ本番でやろう……黒田に挑《いど》むような辰巳の口調。

——何やってんだ?上目遣《うわめづか》いにスタッフを見る黒田の懐疑的《かいぎてき》な眼。

——大きな波がくるたびに、麗子に手渡す浮き輪を抱えてジャンプするヒビル。

——サングラスのゴム紐を髪の中に隠す恵子。

——空に向かって立つ麗子。長い脚。

——スタートォ……水の中で聞く黒田のくぐもった声。

——泡に包まれて海の中に沈んでいく麗子の白い身体……

滝沢は頭をバスタブの中に沈めた。温《ぬる》ま湯の中で息を吐きながら、ゆっくり目を開く。揺らめく湯の向こうに、象牙色《ぞうげいろ》の天井が見えた。天井は歪《ゆが》んでいて、滝沢にのしかかってくるようだ。ゆらゆらと揺れながら、距離を縮めてくる。苦しくなって湯から顔を出すと、天井も壁もシャワーカーテンも、洗濯ロープも洗濯物もくっきりしていて、整ったバスルームに戻っていた。隣の洗面台の前で、鏡を見る。憔悴《しょうすい》し切った若者がいた。目の下に隈《くま》ができて、情けない顔をしている。どうした、滝沢!自己ベストだ、自己ベスト!自己ベストを出せ!

バスタオルを腰に巻いて、ベランダに出た。昼間と違って颯爽《さっそう》とした冷たい風が、身体の表面から熱を奪った。肌を乾かし、火照《ほて》りを鎮《しず》めていく。

空を見上げると、頭上一面に星が瞬《またた》いていた。太陽の光によって隠されていた無数の星が、闇の訪れとともに煌《きら》めいていた。遠く、深く、限りなく群れる光の粒は圧倒的で、昼とは違う別の世界だった。

島にはまとわりつくような暑さの昼と、精神をろ過してくれる涼しい夜の、異なる二つの世界があった……

十　プラックティス

ナウパカの緑の葉と同じ色をした一〇チセンほどのトカゲが、静まり返ったプールサイドで朝の光を浴びている。眠たそうな半開きのその眼は、瞑想《めいそう》にふけっているように見える。じっとして背中に太陽の熱を受けるトカゲは、庭園風のプールサイドに置き忘れられたおもちゃのようだ。

滝沢はトカゲを驚かせないように、足音を忍ばせてプールサイドに近づいた。それでもトカゲは滝沢に気づいた。胡散臭《うさんくさ》そうに滝沢を見上げると、緑の堅い葉が生い茂る植え込みの陰へ、ゆっくりと這っていった。

滝沢は、巨大な丸テーブルを重ねたような階段から、静かにプールに入っていった。

冷たい水が頭と身体を目覚めさせ、気持ちを引き締めた。額に上げていたゴーグルを目の位置に戻し、両腕を頭の後ろで伸ばすと、軽くプールの底を蹴って潜った。水深の中ほどで身体が水に乗り、前方に移動する。プールの底の大きな目地《めじ》タイルが後方に流れていく。身体の流れるスピードが弱まったのを感じてから、ゆっくりと泳ぎ出す。

昨夜はあまり眠られなかった。黒田と渡辺の諍《いさか》いや、長嶋やヒビルへの疑惑が失望感となって、滝沢の頭に澱《おり》のように沈殿していた。昨夜のままの頭と身体を、強引に明るい世界に引き戻すかのように、滝沢は泳いだ。

――キョオオも・イチニチ・ヒナタに・およぎ――呼吸が楽だった。

――アアソベ・アソベと・ささやきながら――身体がスローテンポのリズムにのっているのが分かる。大きなプールを半周した辺りで、昨日の記憶が遠のいていった。

――スゥガタ・やさしく・イロうつくしく――意識しないまま身体が水にのっていた。

――さァけよ・さけよと・ささやきながら――二《ツー》ストロークのクロールは、昨日の朝よりも楽に感じられた。耳の奥に『春の小川』の聞き慣れたメロディーだけがあった。

――エェビや・メダカや・コブナのむれに――

――キョオオも・イチニチ・ヒナタに・およぎ――

――アアソベ・アソベと・ささやきながら――いつの間にか二周目に入っていた。身体はリラックスしていて、頭も空っぽになっている。

――滝沢さァん……プールサイドから届いた声を、滝沢は大会での、同じ地域の女子高水泳部員の声援だと思った。ラストスパートだ。頑張らなくちゃ……滝沢は腕に力を込め、右手の入水と同時に左の肘を上げて、ピッチを早めた。キックを二《ツー》ビートから六《シックス》ビートに切り替える。

最後は一〇《メートル》をノーブレスで泳いだ。

二周目を泳ぎ終えた。途端《とたん》に疲労が襲ってきた。大きく肩で息をしながらプールサイドを見ると、半円形の階段を長身の女が降りてきた。麗子だった。

滝沢は現実に引き戻された。滝沢が入っているのは県立体育館の競泳用五〇《メートル》プールではなく、南の島のリゾートホテルの、巨大なドーナツ型円形プールだった。目の前にいるのは、発達した大胸筋《だいきょうきん》と割れた腹筋の水泳部員ではなく、蜂のようにくびれたウエストを持つ長身の麗子だった。

「おはよう。泳ぎを教えてくれない？」

麗子は撮影用の純白のビキニよりも、さらに一回り小さい黒のビキニを着けていた。

「水泳やってたんでしょう、前に……」

「高校までだけど……」

「やっぱりね。全然、無駄な力が入ってないんだもん、進む割に。昨日も見てたんだ、ベランダから……ねェ、教えて」

「分かった」

そう答えながら、滝沢はコンテを思い浮かべていた。麗子が海に入って撮るシーンはもう一つ残っている。それはラストカットで、海に飛び込んだ麗子が海中を進んできて、カメラ前でサングラスをかけたまま浮上するという画《え》だった。麗子には潜水を覚えてもらいたかった。

滝沢は自分の考えを伝えた。麗子は素直に頷く。

「口から息を吸い込んで、なるべく深く潜るんだ。水の中では鼻から息を出す」

そう言うと、滝沢は自分でやって見せた。口から息を吸い込むと、立った姿勢から前方に両脚を伸ばして、鼻から空気を出した。肺から出る空気が少なくなると、プールの底に腰を下ろすようにして身体が沈んでいった。

ゴーグルをした滝沢の目の前に、水中の麗子の身体が飛び込んできた。黒いビキニの外側に、日焼けしていない白い部分が、細く残っていた。全身は亜麻色《あまいろ》に日焼けしていたが、撮影時の白いビキニの跡が残っていた。白いビキニの跡を少しでも消そうとして、より小さな黒いビキニを着てきたのだろう。プロだと思った。

水中の麗子の身体は全く別の生き物のようで、水上のクールな麗子の顔と結び付かなかった。滝沢は浮かび上がろうとする身体を、両手のスクロールで抑え、プールの底に腰を下ろしていた。一〇秒ほどその姿勢を保った後、全身の力を抜いた。浮力に任せてゆっくり身体を浮かせると、水上に顔を出した。

代わって麗子が大きく息を吸い込んで潜った。しかし、麗子の投げ出した両脚がプールの底に着く前に、浮き上がってしまった。潜っていた時間は二秒位だろうか。

「そんなに息を吸い込まない方が長く潜られるよ。軽ーく息を吸ったら、身体を沈めながらフーッと静かに息を吐きだす。ンーパー、ンーパー、ンーパーのンーで潜るといいと思う」

滝沢は、ンーで口を閉じ、パーで口を開いてみせた。

麗子がンーパー、ンーパー、ンーパーと頭を上下させながら、声に出してタイミングを計る。ンーで潜った。麗子が潜ったのを見て、滝沢も潜った。麗子は頬を膨《ふく》らませて真剣な表情だった。長い髪が水の中で揺れて、麗子の端正な顔を隠した。滝沢は鼻から息を出しながら、麗子の様子を見ていた。麗子はその身体をプールの底に留めようとするが、ほどなく浮いてしまう。

それでも何回か繰り返すうちに、コツをつかんだのだろう、麗子の潜水時間が伸びていった。鼻から空気を出せるようになると、身体が浮き上がらなくなった。鼻から泡を出す水の中の表情に余裕が見られ、怒《いか》っていた肩も、力が抜けて丸みを帯びてきた。

滝沢は、次にプールの底を蹴って水中を進む練習を申し出た。プールの底を蹴る時は十分に高さをとって、入水してからは背中が水面から出ないようにしなければならない。前に進む意識が強過ぎると、慌てて蹴ってしまう。それでは上半身に余計な力が入ってしまって、身体がすぐに水面に浮いてしまう。理想はイルカのジャンプだ。イルカジャンプは空中と水中の姿勢が、これ以上ないくらい滑《なめ》らかで、そして美しい。

慌《あわ》てないで……イルカになったつもりで……

先ず滝沢がやって見せた。左右に広げた両腕を頭の後ろで揃えると同時に、顎を引き、底を蹴ってジャンプ。手の指、頭のてっぺんから水中に飛び込む。腰を折って身体はくの字に。両脚はつま先まで伸ばしたまま——滝沢の身体は水中で素直に伸びて、麗子から七《メートル》離れたところで浮上した。

難しそう……そう言いながら、麗子はプールの底を蹴って、入水し、水中を進んだ。しかし、滝沢の半分の距離で立ってしまう。上から見ていて、水中で身体が反っているのが分かった。

顎を引いて……入水してからは臍《へそ》に力を入れて腰を水平にして……

麗子は五度六度と滝沢に言われた通りに、練習を繰り返した。入水した後、潜水したまま水中を進む姿勢が保てるようになった。距離はさほど伸びなかったが、姿勢はずっと良くなった。水にも慣れてきたようだ。

ＮＢＣのモーニングニュースが一段落する頃、太陽は本来の力を取り戻し、日差しが強くなってきた。

滝沢は部屋に鍵を掛けると、八時半ちょうどに撮影部の部屋をノックした。すぐにドアが開けられて川原が顔を出した。

「お早う」

滝沢は、入ってすぐの所に置いてある黒い円筒形の長短二つのケースを持った。中身は一本はビッグ、もう一本はベビーと呼ばれる大小の三脚だった。

「お早う。悪いね。毎朝手伝ってもらっちゃって……」

川原がジュラルミンケースを載せたカートを押しながら、部屋を出る。

「お早う、滝沢ちゃん。今日はどんどんやってカット稼ごうぜ。そんなに大変な仕掛けがあるわけじゃなし……水着の女の子一人撮るだけなんだから、全部終わらせる位のつもりでやろうぜ！」

鼻の下に髭を蓄《たくわ》えてバイタリティに富む斎藤は、背が低く肩幅が広いがっしりした身体に、スポットメーターやウエストバッグを巻き付けながら張り切っていた。

三人でエントランスまで撮影機材を運び終えると、滝沢は由美の部屋へと向かった。由美も衣装の水着やバスタオル、バスローブを入れたスーツケースと、商品のサングラスや精密ドライバー、セーム皮、晒《さら》し、レンズクリーナーなどが入ったブリーフケースを管理している。それを運んでやらなければならなかった。

廊下を歩いて行くと、ちょうど部屋を出た由美が鍵を掛けているところだった。カードキーではなく、格式を重んじるクラシックな真鍮《しんちゅう》の長い鍵……

「お早う」

声をかけながら、廊下に出されていたスーツケースと黒いブリーフケースを持った。

「ありがとう。一個は私が持つからいいわよ」

「いいよ。慣れてる」

滝沢は先に立って歩き出した。

「……今日はうまくいくといいね……」

由美は歩調を合わせながら、心配そうにつぶやいた。

エントランスに来ると、斎藤と川原と長嶋とヒビルが、撮影機材をロケバスに積み込んでいた。九時にはまだ二〇分ある。

いつも約束の時間より三〇分早めに来る長嶋は、几帳面《きちょうめん》な性格のようだった。滝沢はこれまでにも旧日本軍が占領していた島や、激戦地となった島、玉砕《ぎょくさい》した島にロケで行ったことがあった。いずれの島も現地の人は時間に鷹揚《おうよう》で、一〇分、二〇分の遅れは当たり前だった。それはそれで和《なご》やかでのんびりしていてよかったのだが、長嶋の生真面目《きまじめ》さはいかにも昔の日本人らしかった。

衣装のスーツケースと商品のブリーフケースをバスに積むと、皆でロビーに向かった。長嶋は昨日までと何ら変わらなかったが、ヒビルは心なしか塞《ふさ》ぎ込んでいるように見えた。滝沢は片言の英語で、努《つと》めて普通にヒビルに話しかけた。

――朝食は食べてきた？弟は元気に学校へ行った？家庭菜園と畑は順調なの？疲れてない？

ヒビルは一つ一つの質問に丁寧に答えたが、滝沢を見上げる目に、少し悲しみの色が浮かんでいるようにも思われた。寂しそうな表情……

ぽつりぽつりと他のスタッフが、ロビーに集まってきた。麗子は今日も長袖のシャツを着て、長いパンツをはいている。

九時になった。まだ山地と黒田が来ていなかった。しばらくの間、雑談をしながら全員がロビーで二人を待ち続けた。

一〇分が過ぎた。滝沢はフロントへ行くと、山地の部屋に内線を入れた。応答はない。もう部屋を出ているのだろう。受話器を置くのと同時に、回廊の向こうから山地が歩いてくるのが見えた。

「お早うございます」

「お早うございます」

滝沢に続いて、スタッフが次々に挨拶する。

「お早う。ちょっと遅れちゃったな」

山田は腕時計を見ながら、鈴本の方を向いた。

「お早うございます。よくお休みになれましたか？」

山地は丁寧に腰を折りながら、にこやかに挨拶した。

「エエ……それより黒田さんがまだ来てないんだけど……」

「そうですか。疲れたんでしょう。すぐ来ますよ。麗子、そんな長袖なんか着てて暑くないのか？」

山地は話を逸《そ》らすように、麗子に視線を移しながら聞いた。

「ワタシ、寒がりなんだ」

麗子は悪戯《いたずら》っぽく答えた。本当は余計な日焼けを防ぐためだった。

「いくら寒がりっていったって……もう二五度はあるぞ。信じられないねェ」

そんな会話を背中で聞きながら、滝沢はフロントで受話器を耳に押し当てていた。しばらく内線の呼び出し音がした後で、黒田の声が聞こえた。

「……ハイ……」

「あ、お早うございます。滝沢ですけど……」

「……渡辺を外《はず》せ……」

「エ?」

滝沢は一瞬、黒田が何を言っているのか理解できなかった。

「……今回のロケから渡辺を降ろせ……」

ボソボソと声を潜める黒田特有の話し声が、受話器から低く聞こえてきた。

「でも……」

滝沢は突然のことに、何と答えていいか分からなかった。

「……渡辺がいる限り、俺は撮影に行かないからな……」

内線が切られた。受話器を持ったまま立ち尽くす滝沢の周囲に、スタッフが集まってきた。

「どうした?隊長……」

辰巳が心配していた。

「イヤ……黒田さんは体調がすぐれないので、今日は部屋で休んでいるそうです……」

咄嗟に嘘《うそ》をついてしまった。今日のカットは渡辺抜きで撮影することは考えられない。大《だい》レフだけでも四枚用意してきている。通常なら照明部が三名はつく。予算が削られたから、無理をいって照明部は二人にしてもらったのだ。撮影はもはや予算の問題ではなく、もうこれ以上照明部を削ることはできないところまできている。レフやミラーなどの照明機材は、昨日からロケバスに積みっ放しにしてあって、脚を固定するサンドバッグも多めに拵《こしら》えてある。何より今日は寄りの人物カットが多い。秋山一人では到底無理だ。撮影は照明部なしでは成り立たない。

滝沢は、混乱する頭の中を必死になって整理しようとした。黒田は激怒するだろうが、今日は渡辺を入れて撮影するしか手がない。今回のロケで必要な八カットの内、まだ一カットしか撮れていないのだ。

興奮のあまり、唇と髭を震わせる黒田の顔が脳裏にちらついたが、滝沢は覚悟を決めて、スタッフに告げた。

「さァ、天気もいいし、今日も頑張っていきましょう！」

十一　シューティング

空は澄み渡っていた。時折《ときおり》上空で、真っ白な雲が太陽を遮《さえぎ》ることがあったが、三分も経たないうちに太陽は強引に顔を覗かせて、力強い熱と光を照射してくる。強靭《きょうじん》で孤独な太陽。太陽は独りぼっち……

水着になったスタッフは撮影に没頭した。

海の中で飛び込み台の上に、ベビーの三脚が細引きで固定され、ヘッドに付けられたキャメラがセットされた。キャメラの左側に辰巳が、右側に滝沢が、出初《でぞ》め式《しき》で梯子に掴《つか》まる火消しのように身体を斜めにして構えた。麗子がスタート位置の海へ向かう。

「もっと奥、もうちょい、そこだ。もう少し上手《かみて》、もっと、あっと行き過ぎた。下手《しもて》へ戻って。もうほんの少し、そこ、そこだ！」

頭の上で手を振る辰巳の指示で、麗子がスタート位置に着いた。ツァイス八五㍉の望遠レンズは、被写界深度《ひしゃかいしんど》が浅い。麗子の近付く動きに合わせて、辰巳はキャメラをティルトダウンさせる。海中ではあるが、麗子の身体が常に画面のセンターに来るように……

左手だけで飛び込み台正面に摑まった川原が、海の中から右手を伸ばして、レンズのフォーカスを送る態勢《たいせい》に入った。潜水で進む麗子の移動に合わせて、フォーカスを送り続けなければならない。海中を進む麗子がボケることのないように。

滝沢は全員がスタンバイしているのを確認した。落ち着け、滝沢。落ち着いて……号令を掛けろ。今だ……

「……本番……」

スタッフの動きが止まった。緊張が走る。ザバーンッ！波の音が大きく聞こえる。

「……ヨーイ……」

シュルシュルシュルシュル――キャメラが回った。

「スタートッ！」

イルカジャンプ！麗子が海の中に飛び込んだ。ブレストのプルとクロールのキックで潜水しながら進む。

キャメラまで六《メートル》。いいスピードだ。顎が引かれ、顔が海底に向いている。そうだ、そのまま。人魚のイメージだ。静止した両手が腰の脇で揃えられた。残り四《メートル》。キックもしなやかだ。膝が曲がらずに足の甲まで海中でゆっくりしなっている。身体がリラックスして、気持ちのいい動きになっている。残り二《メートル》――

今だ‼キャメラの一《メートル》前で、麗子の身体が反った。浮上‼麗子が顔を出す。日に焼けた顔に、ターコイスブルーの光彩《こうさい》が戯《たわむ》れている。

カーマインの唇。白い歯。ネイビーブルーのサングラスに、青い海原が映っている。レンズの真ん中で、真っ白な波が砕けた。サングラスが外される。

挑むようにキャメラを見据《みす》える麗子。妖しく輝く眼。渡辺のレフが麗子の目を捉《とら》えている。光る瞳。長い髪から水が滴る。秋山のミラーが濡れた髪の水滴を光らせる。

ＯＫ！

「辰巳さん、演技はＯＫですけど……」

滝沢は辰巳の判断を仰いだ。

「隊長、麗子が顔を出す前は何秒欲しい？」

辰巳が聞いてきた。

「潜水しているところは、一、五秒もあれば十分ですけど……」

「ウ〜ン、じゃもう一回やらせてくれ。二、三秒前ぐらいからはＯＫだけど、その前はフォーカスが甘かった。念のためにもう一回《いっかい》、回《まわ》したい」

「分かりました」

滝沢は大きな声でスタッフに告げた。

「キープ!今のはキープです。キャメラ側の事情です。演技も照明も今のままでもう一回、お願いします」

「もう一回距離、測らせて!」

斎藤がメジャーを伸ばしながら、麗子のスタート位置に向かった。

「川原、ここで七《メートル》だかんね。後は俺が距離を読み上げるから、フォーカスを送って。頼むぜ。よろしくッ!」

斎藤が元気よく六《メートル》、五《メートル》、四《メートル》、三《メートル》、二《メートル》、一《メートル》と口に出しながらキャメラ前まで戻ってきた。

「ハ〜イ、お待たせ。滝沢ちゃん、いつでもいいよ」

滝沢はスタッフを見た。麗子のサングラスをチェックした恵子が、麗子から離れた。全員スタンバイしているのを確認する。麗子もゆっくり呼吸して、最初のイルカジャンプに備えている。

「それじゃあ、本番で行きます」

スタッフを緊張させないように、静かに話した。

「テイク二《ツー》です。本番」

スタッフの動きが止まる。

「ヨーイ」

できるだけ穏やかに告げた。シュルシュルシュルシュルシュル——

「スタート」

イルカジャンプ。麗子の身体が空中から海中に消えた。

「六《メー》《トル》！」

キャメラ横で斎藤の声が響いた。川原が必死にレンズを回しながらフォーカスを送っている。

「五《メートル》！」

斎藤の声で、川原がレンズを回す。微妙な動きだ。

「四《メートル》！」

川原の右手がほんの少しだけ、レンズを回転させる。

「三《メートル》！」

麗子は白イルカのように、海中を進んでくる。

「二《メートル》！」

麗子の首が立てられた。海底を向いていた顔が、上を向いて浮上する。ザバーッ！

「一《メートル》！」

川原が右手を止めたまま、息を凝《こ》らしている。顔を出した麗子がサングラスを外す。不敵な笑い。誰も動かない。時間が止まった。二秒、三秒……

「カット」

「キャメラはＯＫ！」

いち早く辰巳が叫んだ。

「演技もＯＫです！」

一気に緊張が解けて、スタッフが動き始めた。

海の中での撮影はこれで終わりだった……

浜辺でのカットは、順撮《じゅんど》りでいくことにした。

トップカットは、浜辺で寝そべっている麗子のミディアム・ショット。サングラスをして腹這《はらば》いになっている麗子が、物憂《ものう》げに顔を上げる。フレーム内には麗子の膝《ひざ》までが入っている。

サングラスをした端正な顔は鼻が薄く尖《とが》って、知性的な、気の強そうな印象を与えた。

「じゃあ、テストいきまーすッ」

滝沢は一五米《メートル》先の麗子に声を掛けた。麗子が顔の下で組んでいた右手を少しだけ上げて、了解のサインを送ってきた。

「隊長、ちょっと待った」

胡坐《あぐら》をかいてファインダーを覗《のぞ》いていた辰巳が、声を掛けてきた。

「麗子の顔をよく見てみな」

そう言うと、辰巳はキャメラのファインダーから眼を離し、立ち上がって滝沢に場所を譲った。

腰を下ろしてファインダーを覗いた滝沢の眼には、何ら問題はないように思われた。

「顔がどうかしましたか?」

「鼻」

ア。滝沢にも解った。ほんの少しではあるが、麗子の鼻の先が日焼けで皮が剥《む》けていた。

「恵子さんに塗ってもらいます」

滝沢は、足早に麗子に近付きながら、近くの恵子に説明した。

「望遠で狙ってるから、麗子さんの鼻の頭、日焼けで皮が剥けたのが解るんだ。ファンデーションでごまかせない？」

「やってみる。急いでる？」

「うん。太陽が入道雲に隠れないうちに撮りたい」

「分かった」

恵子は麗子の前に膝を付くと、手際よくファンデーションを塗り、ブラシで馴染《なじ》ませた。

「どうですかァ？」

滝沢がファインダーを覗いた辰巳に聞く。

「ダメェ。色が濃すぎる。塗ったのがバレバレェ」

恵子がブラウンのファンデーションを丁寧《ていねい》に拭き取り、ベージュのファンデーションを塗る。

ブラシで馴染ませる。急いで麗子の顔の前から、逃げる。

「これだとどうですかァ？」

「色はいいけど、テカリがあるから塗ったのが判っちゃうゥ」

「困ったな……」

「じゃあ……」

恵子は麗子の鼻の頭に、ファンデーションの上から浜辺の砂をくっつけた。

「これでどうだ！もうやけくそだい！」

フフフ……恵子が楽しそうに言う。

滝沢には冷たかった麗子の顔が、ちょっぴり可愛らしく見えた。

「これで自然に見えれば、こっちはＯＫですがァ……」

滝沢の問いに対する辰巳の反応は、上々だった。

「いいぞォ。すんごくイイ。愛敬《あいきょう》が出てきたァ」

「じゃあ、これでいきます。恵子さん、砂が取れたらまたくっつけてくださいね」

滝沢は急いでキャメラ脇に戻った。恵子がフレーム外に逃げる。

「カット一、テイク一。本番」

滝沢はＴシャツの背中に太陽のむっとする熱気を感じた。ザザーッという波の音。

渡辺と秋山が大レフの角度を調整して、太陽の光を麗子に屈曲させている。

スタッフ全員の眼が麗子に向けられている。誰も一言も発しない。

「ヨーイ」

シュルシュルシュルシュルシュル――キャメラが回った。

「スタート」

腹這いになっていた麗子が、顔を上げる。サングラスに映る青い海と白い雲。白い波。セルリアンブルーとホワイトだけの色なのに、果てしのない広さ。

「カット」

キャメラが止まった。

「キープ。もう一回」

滝沢は辰巳の意見は聞かず、麗子の下へ走った。

「麗子さん、一気に顔を上げないで。最初小さく顔を上げたら一回止めてください。一秒間だけ。それから大きく息を吸い込むようにゆっくり顔を上げてください」

「分かった」

麗子は滝沢にいわれた通りにやってみせた。ＯＫだ。それでいい。

恵子が麗子の鼻の頭に砂を付ける。

滝沢は急いでキャメラ脇に戻る。

「すみません。演技が段取りっぽかったので、少し変えました」

「うん。今の方がいいんじゃないか」

「カット一、テイク二。本番」

スタッフ全員が滝沢の合図を待って、動きを止めた。

「ヨーイ」

ザザーッ。ザザーッ。ザザーッ。シュルシュルシュルシュルシュル——

聴覚《ちょうかく》が研ぎ澄まされているのが判る。

「スタート」

麗子が何かに気付いた。サングラスをしたまま見極《みきわ》めようとする。何が見える？

「カット」

緊張が解ける。

「ＯＫ！キャメラはどうですか？」

「バッチシだよ」


二カット目は、キャメラは麗子の顔のアップを狙う。キャメラと照明のセッティングが済むまで、麗子は集会用テントで待機だ。恵子と由美が、大きなうちわで麗子に風を送ってやっている。麗子はテント奥にいる鈴本夫妻と山地と、雑談を交わす。表情が穏やかだ。

斎藤と川原が浜辺の砂を掘り、ベビーをセットする。五〇㍉の標準レンズで、麗子の顔のアップだ。渡辺と秋山が四つの布バケツに海水を汲み、キャメラ脇に両手で運ぶ。

キャメラがセットされた。麗子が集会用テントから出てきて、キャメラ前に腹這いになる。

顔を上げた麗子が、上手《かみて》から下手《しもて》へとゆっくり視線を移動させるカットだ。

「テストいきまーす」

滝沢の合図で、麗子が左から右へと顔を振る。違う。何か物足りない。どうしてだ？

「隊長。きっかけが弱いんだよな。顔を振るきっかけが……ナンカいい方法ないかな」

寝そべってファインダーを覗いていた辰巳が、立ち上がりながら言った。

辰巳に言われて初めて、滝沢は原因が分かった。そうか、きっかけがないといけなかったのか。普段この浜辺にあって違和感がなく、きっかけとなる何か……それが足りなかったのだ。

滝沢は浜を見渡した。ヤシの木、ハイビスカスの花、大きなバナナの葉、アボカドの実、プルメリアの花……植物ではない。それなら昆虫、小鳥、貝、蟹《かに》……蟹！

「……蟹が顔の前を横切るっていうのはどうですか？」

滝沢は辰巳に聞いた。

「いいねェ。それでいこう！」

辰巳が即座に答えた。滝沢は、長嶋に蟹を手に入れられるかどうか聞いた。長嶋は、ヒビルに蟹を捕まえられるかどうかを英語で聞いた。ヒビルは、もう解っているはずだった。滝沢と長嶋の日本語の会話で……

ヒビルは、三〇分もあれば少し離れた磯《いそ》で七、八匹は捕まえられる、と英語で答えた。滝沢はヒビルに蟹を獲《と》ってくるように頼み、スタッフには、ヒビルが戻るまで別のカットを撮影することを伝えた。

ムッとするような熱気の中で、三カット目の撮影準備が始まった。額から玉のような汗がコロリと出てくる。ウミガメがプリントされた青いバンダナで、鉢巻を閉める。

辰巳が頭上の雲を見上げながら、切り取る背景を考えている。砂浜に寝そべると、アングルファインダーを覗きながら、サングラスをかけた麗子を立たせる。

「キャメラ、ここ」

辰巳の一言で、撮影部の斎藤と川原が砂浜に穴を掘る。滝沢と長嶋も手伝う。二丁の折り畳みスコップが目まぐるしく動き、穴は大きくなっていく。掻《か》き出された砂は、布バケツで波打ち際に運ばれた。

三カット目は高い空と盛り上がった入道雲をバックに、立ち上がった麗子をローアングルで撮る。いわゆるアオリのカットだ。バックにある白い入道雲がなくならないうちに、撮影しなければならない。青空だけでは遠近感も迫力もなく、平板な画《え》になってしまう。麗子のインジゴのサングラスにモコモコの真っ白な入道雲を映し込みたい……

人一人が入れるだけの穴を掘り終えると、川原がベビーをセットした。斎藤がキャメラを載せる。渡辺と秋山が大《だい》レフの脚《あし》を肩で担いで運んでくる。長嶋はスコップと布バケツを片付ける。辰巳が身体を折って穴に入る。窮屈《きゅうくつ》そうにファインダーに右目を当てた。

「……上手《かみて》、もうチョイ……行き過ぎた、下手《しもて》……もっと……もうチョイ」

辰巳の声と手の動きに合わせて、麗子が微妙に立ち位置を変える。

「ほんの気持ち上手、ＯＫ、そこだ！」

渡辺と秋山がキャメラの両脇から、大レフの角度を微調整する。太陽の光を反射させたレフによって、麗子の身体と顔が輝く。スポットメーターで麗子を覗いていた斎藤が、腹這いになって穴の中に顔を突っ込み、キャメラの露出を合わせる。

滝沢は穴の側に膝を付いて、麗子にリハーサルをさせた。

——麗子はしゃがんでいる。両脚は肩幅に開いて。そこから一気に立ち上がる——

――使うのは動き始めてからの後半部分。立ち上がったら、両手を握り締める。握《にぎ》り拳《こぶし》は身体から二〇㌢《チセン》ずつ離しておく――

恵子は、麗子が立ち上がった時に長い髪が風になびくように、スプレーで髪をサラサラにしている。由美は、サングラスがずれないように、ブリッジとリムの裏側を、細く切った両面ガムテープで麗子の額に固定した。

滝沢は麗子に動きの確認をした。

――背筋を伸ばしたまま一気に立ち上がる。頭のてっぺんが目に見えない力で上に引っ張られる感じで――

――顔は遠くに向けて。立ち上がったら動かない。目は遠くを見て。瞬《まばた》きはしない。サングラスをしていても、瞬きは解るから――

スタッフの呼吸は合っている。誰もが自分のやるべきことを正しく理解している。滝沢の狙いはスムースに伝わっている。

「……本番……」

麗子は勘がいい。

「……ヨーイ……」

動きは冴えている。

「……スタート……」

麗子が立ち上がる時に、ほんの少しふらついた。もう一度だ。

「ＯＫ！」

狙い通りだ。いつの間にか鈴本が滝沢の後ろに立っていた。何も言わずただ大きく頷いている。

少し離れたパラソルの下では、美香が撮影を見ていた。隣の山地がしきりに美香に話しかけている。だが、美香の視線がスタッフに向けられていて、山地の話を聞いていないことが判ると、ホテルで買った日本の芸能週刊誌を読み始めた。

三カット目を撮り終えて、穴を埋めているところにヒビルが戻ってきた。右手に下げたブリキのバケツの中には、カラフルな色の蟹が一〇匹も入っていた。ヤドカリも三匹入っている。

「ウワッ、スッゴーイ！こんなに獲れたの……」

「きれいねェ」

バケツの中を覗き込んだ恵子と由美が声を上げた。

「よく獲れたねェ、短時間に……ヤドカリも面白いかもしれないな……」

滝沢は日本語でヒビルに言った。ヒビルははにかんで、うつむいた。

――サングラスにヤドカリが映っている。サングラスをしているのは、白い砂浜に寝そべっている若い女。波の反射だろうか。女の顔で光の粒が踊っている――

――ヤドカリが移動する。女が目で追う。サングラスが円を描く。美しい横顔――

――女が立ち上がる。脚が長い。黒い髪が風になびく。遠くの海を見る女――

――目の前の明るい砂浜に、女の脚が飛び込んできて、海に向かって駆けていく。サングラスをしたままだ――

――女の身体が宙を舞う。入水と同時に空と海だけの世界になる――

――青い海中を女の背中が進んでくる。海中から濡れた女の顔が出る。サングラスを外す。目元が涼しい。カーマインのルージュ。クールな微笑み。『晴れのち快晴』……

TOYO SUNGLASSのロゴ。○、五秒――

太陽が傾いていた。夕陽を滑らせた海面は、波もすっかり静まって金色に輝いている。

蟹とヤドカリを戻しに行ったヒビルが、帰ってきた。滝沢は、長嶋とテントの撤収《てっしゅう》をしながら、黒田のことを考えていた。

撮影中は夢中で忘れていたが、撮影が終了すると同時に、鼻の下に髭を生やした黒田の顔が蘇ってきた。黒田と顔を合わせるのが苦痛だった。

画コンテに描かれていたカットは、全部取り終えた。明日からはエキストラカットを撮る。エキストラカットの撮影でも、渡辺を外すことはできない。渡辺がいなくても撮影はできるが、渡辺を外したら、渡辺には二度とミキプロの仕事は受けてもらえないだろう。秋山も一緒に降りてしまうかもしれない。パートごとの結束は固い。

何度考えても渡辺を外すことはできなかった。

いつの間にかロケバスは、ホテルへの引き込み道路を走っていた。夕食をどうするか決めなければならない。滝沢は、ホテルの敷地内にある、木造の広いレストランに行くことにした。

大きな山小屋に似た建物は、二度にわたって、オリンピックのゴールドメダリストとなったスイマーの名前を冠したレストランだった。一階はビーチに面したカフェ、二階がダイニングになっている。

そのスイマーは島の英雄で、伝説のサーファーでもあった。店内には古いサーフボードやカヌーが飾られ、ノスタルジックな魅力にあふれていた。

レストランに着くとすぐに、電話で黒田を夕食に誘った。黒田は夕食を断った。長嶋とヒビルは、スタッフがレストランに集まったのを見届けると、自分たちは夕食を家でとると言って帰っていった。

滝沢はメニューを見て、アウというカジキのソテーとグリーンサラダを頼んだ。

食欲はなかった。スタッフのほとんどが昼間の灼熱《しゃくねつ》の余韻《よいん》と、ハードだった撮影の疲れを引きずって、無口だった。ただ一人山地だけが、ロブスターやステーキ、ブイヤベースなどを頼んでは、大声で隣の鈴本に話しかけている。

一人、冗談を連発する山地に対して、時々控えめな笑いが起きる程度で、炎天下での長時間の作業が、スタッフの口を重くしていた。

滝沢は早めに切り上げることにした。フランスパンとローストビーフ、フライドポテトをテイクアウトできるかどうか、ハワイ人の中年のウェイターに聞いた。

「オフコース、ノープロブレン」

人の好さそうな恰幅《かっぷく》のいいウェイターは、にっこり笑いながら答えた。褐色《かっしょく》の肌にベージュのアロハシャツがよく似合っている。

　明日からの撮影が話題になり、滝沢は自分の考えを述べた。

「……エキストラカットといっても、バナナの葉やハイビスカスの花なんかのよくありがちなカットじゃなくて、それ一枚でポスターになるような画《え》を撮りたいですね。一カットか二カットでいいから。それがどんなものかは解りませんけど……」

「オイオイ、隊長！簡単に言ってくれるじゃないかヨ。ポスターのような画っていうのは、スチールキャメラマンにとっちゃドキッとする言葉だぜ」

　辰巳だった。売れっ子キャメラマンである辰巳は、普段はスチールの仕事が圧倒的に多い。ポスターになるだけの写真を撮る難しさは知り尽くしている。だが、その目は笑っていた。

「ま、いいか。やってみよう、時間もあることだし……」

「それより真っ青な海とか、浜辺に突き出したヤシの木なんかの方が、使い途《みち》が広くていいんじゃないか？」

　大学の写真科を出たという山地が滝沢に言ったが、目は明らかに鈴本の反応を気にしていた。

「ねエ、鈴本さん」

　山地は鈴本に同意を求めた。

「……お任せしましょう、皆さんに」

鈴本はポツリと言って黙り込んだ。写真に関して自負心のある山地は、なおも何か言いかけたが、鈴本の冷ややかな態度に仕方なく口をつぐんだ。


コーヒーが運ばれてきて、ディナーは終了した。山地の席にはいつものように、食べ切れなかったマヒマヒやロブスター、ステーキ、ブイヤベース、シュリンプカクテル、フルーツサラダなどが残された。

滝沢はテイクアウトの紙箱を受け取ると、チェックアウト・カウンターで支払いを済ませた。席に戻ってスタッフの忘れ物がないかどうかチェックする。片付けにきたウェイターにチップを渡した。ウェイターは礼を言った後で、山地の席の残り物を片付けながら、不安そうに聞いてきた。

――料理がまずかったのか――

――そんなことはない。疲れているだけだ――

ウェイターは悲しそうな顔で、山地の席の多量の残骸《ざんがい》を片付けた。滝沢は申し訳ない気持ちでいっぱいになった。

「アイムソーリー……」

「アイドンケア、カムトゥアウアレストラン、アゲイン」

ウェイターはそう言うとサムズアップをして微笑んだ。寂しい微笑みだった……

外へ出るとすっかり暗くなっていて、ホテルの広い庭ではあちこちで篝火《かがりび》が焚かれている。故郷《ふるさと》の夏祭りで行われる松明行列《たいまつぎょうれつ》に似ていた。

庭の半分を占める巨大な変形ドーナツ型のプールは、ライトアップされて青白く夜の闇に浮かんでいる。幻想的な夜の遊園地のようだった……

細長く横に延びたホテルは、一〇階の高さを感じさせず、半数の部屋に明かりが点いていた。鉄平石《てっぺいせき》を敷き詰めた歩道を歩きながら、滝沢は自分の部屋を見ようと、一階から数えていった。背の高いヤシの木の先端よりもずっと上に、六階の滝沢の部屋はあった。ほのかに屋外照明に照らされたベランダが見える――目の隅を何かが横切った。部屋を見上げる滝沢の視線の先を、白い何かが……

立ち止まって目を凝《こ》らした。滝沢の部屋から五つ離れた部屋のカーテンが揺れていた。今までベランダにいた誰かが、部屋に入ったようだった――黒田の部屋……

自分の部屋に入ると、滝沢は黒田に内線を入れた。持ち帰った夜食を届けるつもりだった。

だが、何度コールしても黒田は電話に出なかった……

十二　バトル

ムッとするような島の気候にも、身体が慣れてきた。明るくなり始めたカーテンの向こうに日差しを感じ取って、ベランダに出る。乾いた朝の空気が、意識を覚醒《かくせい》させる。

ヤシの木の間でセンダンの木が、柳のような葉を風になびかせている。パンノキは丸いボールのような実をつけている。葉は少しヤツデに似ている。

ベランダから見下ろすホテルの庭は緑で覆《おお》われ、その緑を切り開いてプールがある。プール中央部の六角形の島はイトマキヒトデの形をしていた。その突端ではライオンの像の大きく開いた口から、遠くへ細く長く噴水《ふんすい》が迸《ほとばし》っている。

滝沢はシャワーで身体を目覚めさせると、プールへ行った。ゆっくりと何も考えずに泳ぐ。頭の中でいつものメロディーが聞こえてきた。メロディーにのせて、手足を動かす。無駄な力はいれない。自然に。頭ではなく、身体が反応するままに。全身が水に取り込まれ、オットセイにでもなったような気がしてくる。

空中の音が消滅し、水の中で鼻から出す自分の空気の音だけが、ゴボゴボと聞こえる。水が滝沢の身体を支える。意識は現実から遊離し、本能だけが手足を動かしている。水の中は誰にも邪魔されることのない自分だけの世界だ。身体を包み込む水圧が滝沢の心を解き放つ――自由！

プールを回遊していると、誰かが後ろを泳いでくるのに気付いた。さらにペースをおとして半周すると、クイックターンで自分の臍《へそ》を見るように一回転する。上半身をひねってプールの端に立った。

水の中で真っ直ぐに伸びた褐色の細い身体が、滝沢の前で動きを止め、垂直になった。濡れた顔に白い歯がこぼれている。

「グッモーニン。アロハ　カカヒアカ」

「アロハ、カカヒアカ……」

ハワイ語で答えた滝沢に、ヒビルは日本語で言った。

「サングラスを見つけた！」

「エッ！サングラスって、あの失くしたサングラス？」

「ウン、今朝《けさ》あの浜のはずれの岩場で……持ってきたよ」

ヒビルの声が弾んでいた。

「エエッ！本当に？」

滝沢は急いでヒビルと一緒にプールから上がった。ヒビルが手にしたタオルの包みを受け取る。タオルを開くとサングラスが出てきた。黒いゴム紐が付いたままのサングラスは、少し傷ついているものの、紛《まぎ》れもなくあの商品であるサングラスだった。

「スゴイ！すごいよ、ヒビル。よく見つけてくれたネ！」

滝沢は思わず大声を上げて、右手を上げた。ヒビルは照れくさそうに、滝沢の右の掌《てのひら》を叩いた。バチーンッ！ハァーイ！イェッ！

「ブレクファストを食べよう」

滝沢は簡単に身体を拭くと、Tシャツと短パンを身に着け、ヒビルと並んで歩き出した。食欲が出ていた。爽快《そうかい》な気分だった。

ロビーに集まってきたロケスタッフは、サングラスが見つかったことを知ると、口々にヒビルを称賛《しょうさん》した。滝沢も嬉しかったが、単純に喜んでばかりもいられなかった。今朝も黒田が来ていない。滝沢は黒田の部屋に内線を入れた。

「……もしもし……お早うございます。滝沢ですが……」

「……」

「一緒に撮影に行ってもらえませんか？　今、全員がロビーに——」

ガチャリと電話が切れた。

「いいですよ。出発しましょう」

鈴本がきっぱりと言った。鈴本の言葉に多少救われた気分になって、滝沢は辰巳と長嶋と撮影候補地を検討した。

撮影候補地が決まって、滝沢は出発を告げた。

今日も一日晴れだそうです——


長嶋は滝沢の意図を汲み取って、ごつごつした溶岩の間から潮が吹き上げる磯や、グンカンドリ、アホウドリ、ミズナギドリなどが乱舞する崖に案内した。それらの荒々しい風景は、白い砂のビーチとは対照的だった。

辰巳はアングルに凝《こ》り、シャッターチャンスにこだわって、風景に肉薄《にくはく》した。斎藤と川原が必死になって、透明アクリルでキャメラ前の波しぶきからレンズを護った。渡辺と秋山が、足場の悪い岩礁《がんしょう》で踏ん張る斎藤と川原の腰にしがみついて、その身体を支える。ラグビーのフォワードの選手のように。

辰巳はそれらの風景に麗子を入れ込んだカットも撮った。サングラスを指でブラブラ持たせ、生成《きな》りのざっくりとしたトレーナーとショートパンツで、裸足《はだし》のまま黒い溶岩の上に立たせた。麗子の後ろで波が砕けた。波濤《はとう》。怒濤《どとう》。狂濤《きょうとう》。麗子は野生的だった。荒れ狂う波の前で、濡れるのも厭《いと》わず、岩から岩へと飛び移った。挑むような表情で。辰巳が何かに憑りつかれたようにキャメラを回す。

辰巳と麗子の、一対一の真剣勝負――

辰巳と麗子の、スチールキャメラマンとモデルの、息詰まる闘い――

「……隊長……もういいか？」

「ＯＫ！ＯＫです。ありがとうございます！」

これで大丈夫だ。万一、編集で繋《つな》がらない箇所が出てきても、今のイメージカットでどうにでもなる。イヤ、敢《あ》えて着衣の麗子の荒々しさを、フラッシュインサートで使う手もある。一秒一六駒？一秒？二〇駒？〇、五秒？世界が広がるかも知れない。

辰巳と麗子に感謝した。

機材の片づけを手伝ってロケバスに運ぶと、ロケバスの後ろで、麗子が折り畳みイスに腰掛けていた。救急セットが広げられている。麗子は左足を投げ出すように小道具ボックスの上に載せていた。足の裏は傷だらけで、血が滲《にじ》んでいた。由美が麗子の左足を支え、恵子が麗子の足の裏を、オキシフルと脱脂綿で消毒している。

「痛かったら言って」

「全然。大丈夫」

恵子が傷薬を塗る。

「沁みるでしょ」

「ウン。でも気持ちいい。ワタシ、マゾだから」

「へえ、知らなかった」

フフフフ……三人が含み笑いをした。

恵子がガーゼを当てて絆創膏《ばんそうこう》で止めると、包帯を巻いた。

「麗子さん、ありがとう。おかげさまで、エキストラにしては勿体ないぐらいのいい画《え》が撮れたよ」

滝沢は麗子の頑張りに礼を言った。本心だった。

「イエ、隊長殿。お役に立てて光栄であります！」

立ち上がってスニーカーを履いた麗子は、右手の長い指を指先までピンと伸ばした敬礼をした。

アハハハハ……恵子と由美がさもおかしそうに笑った。

全ての撮影が終了して、ランチタイムになった。ランチは観光客が殆ど行かない、小さなシーフードレストランでとることにした。フィッシングツアーを主催しているオーナーと長嶋は顔馴染みのようで、サービスはよかった。地元で獲れたという、マヒマヒやカジキなどをカラッと揚げたフィッシュ&チップスが抜群で、値段も良心的だった。

予定していたカットを全部撮り終えて、滝沢はほっとしていた。午後はみんなの買い物の時間にあてよう……

郊外のショッピングセンターは、小さなデパートやドラッグストア、スーパーマーケットなどがある広大なエリアだった。

日本でも知られているテナントが目白押しで、低価格のデパートなどもあるため、観光客だけでなく地元の人の姿も目についた。

滝沢は会社と谷村への土産物《みやげもの》の他に、長嶋とヒビルへの謝礼品を買った。

長嶋とヒビルはみんなが買い物をしている間、ファーストフードの店先で、丸テーブルに腰を下ろし、コーヒーやコーラを飲んで待っていた。いち早く買い物を終えた滝沢が、待ち合わせのファーストフードの店先に行くと、長嶋が静かに語りかけてきた。

「……黒田さんは買い物しなくていいんでしょうか……」

虚《きょ》を衝《つ》かれた。黒田のことをすっかり忘れていた。黒田も会社や知り合い、何よりも家族への土産が必要なはずだった。黒田は初日に買い物をしてはいたが、その中身は殆どが本人用だったような気がする。奥さんと小学生の女の子への土産物ではなかった。

念のために黒田に聞いてみるべきだった。

滝沢はホテルへ電話して、黒田の部屋に繋いでもらった。

「……滝沢です。撮影は無事終了しました。それで今、みんなでショッピングセンターにいるんですが、黒田さんもいらっしゃいませんか。ホテルからタクシーで一五分位です」

「……いいよ、俺は」

「そうですか。それじゃ、あと一時間程で戻り——」

滝沢の言葉を最後まで待たずに電話が切られた。黒田の怒りはまだ解けていない。憂鬱《ゆううつ》になった。

電話を終えてファーストフードの店先に戻ると、ヒビルの姿が消えていた。ゲームコーナーへ行ったという。大人だと思っていたが、やはり一四歳の少年なのだ。今まで我慢《がまん》していたのだろう。

「黒田さんは買い物はいいそうです。それにしても本当にお世話になりました。失くしたサングラスも見つかったし……」

「……ヒビルは、毎日あの浜へ行ってサングラスを捜していたんです。撮影の前に……夜明けから。ヒビルはあなたに嫌われたと思っていた。だから必死だったんです……ヒビルはあなたが好きなんです……」

頭の中が真っ白になった。滝沢の頭の中を閃光《せんこう》が走り、その眩《まばゆ》い光はいつまで経っても消えなかった。

ヒビルは一昨日《おととい》も昨日《きのう》も今日《きょう》も、夜明けと同時にサングラスを捜し続けていたのだ。滝沢がすでに諦めていたサングラスを、死に物狂いで……

紙のコーヒーカップが滲《にじ》んで見えなかった。目は開いていたが、その目に映っているのは、夜明けの紫色の海岸を、サングラスを捜して歩くヒビルの姿だった。ヒビルはどうやってあのビーチまで行ったのだろう。暗い幹線道路をとぼとぼと歩く、ヒビルの細い身体が目に浮かんだ……かわいそうに。

買い物袋を両手で抱えたスタッフが、次々にファーストフードの店に集まってきた。撮影が終わった安堵感からか、誰もが満足そうな笑みを浮かべている。義務を果たしたと思っているのだろう――ヒビルの顔も輝いている。

滝沢はホテルに向かうロケバスの中で、今日のディナーはホテル前のビーチで、打ち上げパーティーをすることを告げた。バーベキューと焼きそばと日本蕎麦と……ビールと日本酒と……どっと歓声が上がった。ざわめきの中から、滝沢が予定した七時からでは遅すぎるという意見が出て、滝沢は打ち上げの開始時間を一時間早めた。

十三　コンフェション

昼の名残りのちぎれ雲が上方をピンクに染めて、海の彼方まで散らばっている。

陽が傾きかけた薄紫色のビーチで、小さな女の子が母親にフラを習っている。母親は女の子にと、背筋を伸ばすように言い、腰は横にスイングするのではなく、水平レベルで楕円《だえん》を描くように注意していた。女の子はこれまでにかなり練習を積んでいるらしく、カセットレコーダーから流れるハワイアンに、見事に動きを合わせている。小さな手が蝶のように舞うハンドモーションも、豊かな表現力を示していた。

フラは、そびえ立つ山、眼の前に広がる海、風に揺れるヤシの葉、咲き誇る花、甘い香りを運んでくる風、恋心などをその動きで現しているという……

滝沢はハンドモーションの意味するところは解らなかったが、全てに意味があり、恋人への切ない想い、愛の誓い、涙、笑顔など心の動きまであらゆるものを手の動きで表現することができると聞いた。ヒビルは、母親が若い頃フラの踊り子だったと言った。

母親が女の子に足元を見ないように注意し、女の子は、視線を手の動きに合わせて、指の先にもっていくように気をつけている。七、八歳だろうか。一途《いちず》にフラを練習する女の子と、腕を組んで娘を指導する母親のシルエットには、観光客に対するのとは違った伝統の重みがあった。民族の誇りと厳しさがあった。

長嶋とヒビルが、バーベキューコンロと燃料を持って、ホテル前のビーチにやってきた。バーベキューコンロを組み立て、ヤシの実から作られたチャコールを入れる。

野菜を洗おうと、滝沢が野菜の入った布バケツを持ってプールサイドのシャワー室へ行くと、恵子と由美と麗子がやってきた。

「手伝うよ」

言い終わらないうちに、恵子がピーマンを洗い始めた。気が利くヘアー&メイクだった。由美がアスパラやタロイモを洗う。トウモロコシやタマネギの皮をむく麗子は、タンクトップにショートパンツというラフな格好だった。撮影は終わったのだ。もう日中でもまだら焼けを気にする必要はない。

「コンロの用意は?」

由美が聞いた。

「今、ビーチで長嶋さんとヒビルがやってくれてる」

「……長嶋さんていい人ね」

麗子がポツリと言った。

「ウン……」

滝沢は、心のどこかに引っ掛かりを感じながら、相槌《あいづち》を打った。

「……あの日、サングラスを失《な》くした日だけど……長嶋さんは昼食をとらなかったの。日射病だと言って……でも本当は、黒田さんや山地さんがビールやカクテルを頼んでたから、ランチの予算をオーバーすると思ったんじゃない？ レシートも、ランチでアルコールが入っているのはまずいと言って、手書きの領収書をもらってたのよ……」

「！」

迂闊《うかつ》だった。自分は何というバカ者なのだろう。ショックだった。頭を殴られた気がして、何も考えることができなくなってしまった。長嶋に疑惑を抱いた自分の不明が、たまらなく恥ずかしかった。

「昨日もヒビルが長嶋さんに言ってたわ。滝沢さんが困っているって……」

「それで？ 長嶋さんはなんて言ったんだ、ヒビルに……」

「滝沢さんが困っているのは黒田さんのことだから、自分たちは立ち入らない方がいいって。立場をわきまえなければならないって」

「長嶋さんらしいな」

滝沢は節度を守る長嶋らしい言葉だと思った。

「それから、滝沢さんだけじゃなくて、他のスタッフでも何か困っている人がいたら、必ず自分に知らせるようにって……」

「そうか……」

「ああいう昔気質《むかしかたぎ》の日本人てもういないわよねェ」

「長嶋さんはアメリカ国籍だよ」

「アメリカ国籍でも日本人よ！立派な日本人……」

麗子と滝沢の話を聞いていた恵子が口を開いた。

「私も長嶋さんは日本人だと思う。日本人以上の……そして、ヒビルは純粋なハワイ人。あんなに汚《けが》れを知らない少年は見たことないわ」

「そうよネ。長嶋さんもヒビルも、私達が失くしちゃった大切なものを持ってるよねェ」

野菜を洗い終えた由美が立っていた。

麗子たちと一緒に、長嶋とヒビルがいるビーチに戻った。太陽はさらに傾いていて、下方の空はラベンダー色に染まっている……

サンセットビーチでバーベキューパーティーが始まった。

ロブスターや生ガキ、オナガという鯛《たい》に似た魚が焼かれ、バッファローのステーキやキングクラブが鉄板の上でジュウジュウと音を立てた。

ビールで乾杯をし、日本酒で乾杯をし、ロケバスで来ている長嶋とヒビルのために、麦茶とコーラで乾杯をした。打ち上げは盛り上がった。黒田は滝沢の誘いに応じず、姿を見せなかった。

焼きそばが焼かれてソースの匂いが漂い、日本蕎麦が茹でられて冷たい喉ごしに一息ついた。どの顔もほころんでいる。

麗子から長嶋とヒビルに花束が贈られ、滝沢も長嶋には白いスニーカーを、ヒビルには競泳用のゴーグルを贈った。その度に拍手と指笛、鉄板を叩く音が沸き起こり、歓声に包まれた。陽気な斎藤は、持ち込んだウォッカを口に含むと星空に向かって火を吐き、喝采《かっさい》を浴びた。

アルコールが回り、満腹になって、誰もが陽気になった。山地が滝沢の側に来て言った言葉も、滝沢は明るく聞き流すことができた。

「滝沢、バカだな、お前は。コーディネーターに礼をするなら、ロケの前の方がいいに決まってるだろ。ロケが終わってから渡したって、何にもならないんだぞ」

「いいんですよ、山地さん。気持ちの問題なんですから……」

賑やかな打ち上げは時を忘れさせ、酔いも手伝って、ロケスタッフの気分を高揚《こうよう》させた。滝沢もハイテンションになっていたが、気掛かりなことがあった——黒田との関係……


東京に戻るまでに、黒田との関係を修復しておかなければならない。滝沢にとって、黒田は重要な受注先だ。黒田はいろいろなスポンサーのＣＭを手掛けている。滝沢が黒田から受注するＣＭは、年間八本を超す。滝沢の売り上げの三〇％は黒田からの仕事だ。その黒田と断絶したままではいけない。黒田に謝ろうと思った。

黒々としたヤシの葉陰《はかげ》の向こうにホテルが見えた。周りの部屋が暗くなっている中で、一部屋だけが明かりを灯していた。黒田の部屋だった……


打ち上げは佳境《かきょう》に入っていた。顔を赤らめたスタッフは大声で冗談を言い、麗子や恵子や由美がお腹を抱えて笑い転げている。長嶋も砂の上に腰を下ろして微笑んでいる。長嶋に謝らなければならなかった。滝沢は長嶋の側に行った。照明用チャコールの明かりが、潮焼《しおや》けした長嶋の横顔に反射している。赤銅色《しゃくどういろ》の精悍《せいかん》な顔から白い歯がこぼれていた。

「……長嶋さん……申し訳ありませんでした……」

滝沢は長嶋の前に立つと、深々と頭を下げた。

長嶋は不思議そうな顔をして、滝沢を見上げた。

「どうしたんですか、突然……」

「本当に、本当に、申し訳ありませんでした……」

滝沢は腰を折ると、再び謝罪した。

「……座ってください……」

長嶋は、自分の隣の砂場を手で均《なら》して平らにした。滝沢は腰を下ろすと、膝を抱えた。

「……僕は長嶋さんを疑っていたんです。ヒビルに日本語を話すなと言ったことで……コーディネイトフィーを決めてあるにもかかわらず、有利な材料を見つけて、もっと要求してくるんじゃないかと……スミマセン。汚《けが》らわしい考えでした。申し訳ありません」

「……ヒビルに日本語を話すなと言ったのは、あの子にいろいろ聞いて欲しくなかったからです。ヒビルが日本語を話すと分かると、様々な質問がなされたことでしょう……ヒビルは気の毒な境遇にあるんです……」

「……」

「それにあなた方が私に聞かれたくないことでも、私は知っておく必要があった。このロケを無事終わらせるために……残念ながら全てがうまくいったとはいえませんが……」

滝沢は黙って聞いていた。言うべき言葉が見つからなかった。長嶋は自分よりはるかに上を行っている。一切《いっさい》、妥協《だきょう》することなく、真剣に自分の仕事と向き合っている。手の届かない存在だった。

「ヒビル!」

突如、立ち上がった長嶋が、コンロにチャコールを継ぎ足しているヒビルに向かって叫んだ。ヒビルが小走りに駆けてきた。長嶋がヒビルの肩に手を置くと語りかけた。

「ヒビル……済まなかった。私が日本語を話すなと言ったせいで、お前に嫌な思いをさせてしまった。だが……もうよい。日本語で話したければ日本語で話してもよい」

コンロの周りにいたスタッフは、長嶋とヒビルのシリアスな話に黙り込んだ。怪訝《けげん》そうに長嶋とヒビルを見比べている。

ヒビルは滝沢を見た。そして、日本語で話し始めた。

「……僕は本当は日本人なんだ。金城《かねしろ》ヒビル。ヒビルっていう字は――」

ロケスタッフが日本語を話すヒビルを、目を丸くして見ている。

ヒビルは滝沢の前にしゃがみ込むと、砂の上に指で字を書いた。日比留――

「お父さんはいないって言ったけど。本当は、本当は、僕のお父さんは、お父さんは……」

「よせッ、ヒビル！」

長嶋がきつい口調で遮《さえぎ》った。

「ボ、ボ、僕のお父さんは、日本人で……刑務所に入っているんだ！」

しゃがんだまま俯《うつむ》いたヒビルの足元に、ボタボタと連続して水滴が落下した。小さな水滴は砂に黒い染みを作り、面積を広げた。肘《ひじ》で顔を覆ったヒビルの薄い肩が、小刻みに震えている。

話し声は絶えていた。誰も口を開かず、沈黙した。鉄板の上で、生ガキの殻がはじけるピシッピシッという音が、妙に大きく響いた。先ほどまでは聞こえなかった波の打ち寄せる音が、すぐ近くに聞こえる。ザザーッ。ザブーンッ。長嶋がヒビルの隣に屈《かが》みこんだ。ヒビルの細い腕をしっかり握ると、立ち上がらせた。

「……ヒビル、私たちにはまだ仕事が残っている」

ヒビルは小さく頷くと、長嶋に促《うなが》されてコンロの傍らに戻った。コンロの明かりに照らされたヒビルの顔は、ぐしゃぐしゃに濡れていた。顔を拭いた右腕も濡れて光っている。

滝沢は言葉を失った。ヒビルがその背中に背負っていたものは、ヒビルには重すぎた。それでもなお、ヒビルは耐えている。無垢《むく》な心を奮い立たせ、あらん限りの力で、困難を乗り越えようとしている。

滝沢には、ヒビルが、意を決して断崖《だんがい》からダイブする、海鳥の雛《ひな》のように思われた。真っ白な雛は深く青黒い海へと落下していく。飛べ！飛んでくれ、ヒビル！頼むから飛んでくれ……

十四　レバレイション

宴《うたげ》の後で、消沈した滝沢は黒田に電話を入れた。

「ロケは、全て問題な……全て終了しました。今、打ち上げが終わったところです。晩飯、届けますよ、何がいいですか……」

「何でもいいよ……」

意外だった。てっきり断られるものと思っていた。慌てて閉店間際のホテル一階のレストランに向かった。テイクアウトができるかどうか聞く。メニューによってテイクアウトできないものがあった。

ロコモコプレートにミックスフルーツ、パイナップルジュースを注文して、ワンボックスにしてもらった。冷えたバドワイザーも二缶買う。

フロントで鍵を受け取ると、六階の自分の部屋を通り過ぎて、黒田の部屋をノックする。緊張でノックの音が乱れた。酔いも醒《さ》めている。

「晩飯、持ってきました」

「……アア、ありがとう……」

今までにないことだった。礼を言いながら、半開きにしたドアの陰から、黒田が顔を見せた。手入れの行き届いていた髭が不揃いになっており、顔色も悪かった。やつれた印象の黒田は、上目遣いに滝沢を見た。

「入ってくれ……」

「でも、もう遅いですから」

「少しの時間だから……」

滝沢は部屋に入ると、夕食の紙箱を丸いテーブルの上に置いた。テーブルの上には、カメラ、パスポート、コンテや香盤表、腕時計や手帳、財布などが雑然と置かれていた。借り入れ一覧という数字と借入先が並んだ表もあった。

黒田は、紙箱からバドワイザーを取り出すと、一缶を滝沢に渡してきた。

「さっきまで飲んでたんで」

やんわりと断ったが、黒田はバドワイザーのプルトップを引くと、眼の高さに掲《かか》げた。仕方なく、滝沢もバドワイザーを開けた。

「……お疲れ」

「お疲れさまでした」

黒田と同時に口をつけたが、ライトビールなのに、緊張で喉を通らなかった。

「座ってくれ……」

黒田は、丸テーブルの籐《とう》イスを滝沢に勧めると、自身はベッドに腰を下ろした。

「鼻持ちならなかっただろう」

「……」

「偉そうにして、理不尽なことを言っているのは、自分でも解ってた。だがな、引っ込みがつかなかったんだ。代理店の人間として」

何と応えたらいいのか……

「この仕事、何で俺が獲《と》れたと思う？」

「企画内容ですか？」

「イヤ……」

「見積りコンペですか？」

「それは多分にある。俺が出した見積もりは破格の安さだった」

「……」

「そのしわ寄せがきてるって言いたいんだろう」

「……はい」

「お前は正直だな。バカがつくくらいに……一番の獲得要因は結婚披露宴だよ。結婚披露宴、鈴本の。コンペで勝てた理由は、鈴本の結婚披露宴！」

「？」

黒田の言ってることが理解できなかった。

「鈴本の結婚披露宴な、俺がいくら包んでいったと思う？」

黒田は、ベッドから立ち上がると、カーテンが閉められた窓に近付いた。

「三万くらいですか？」

「その十倍」

「エ？」

結婚式のご祝儀《しゅうぎ》で、三〇万は考えられない金額だった。滝沢の給料の三か月分になる。

「もちろん、会社からそんな金は出ない。俺の借金だ。俺はサラ金に数百万の借金がある。ブラックリストに載ってて、もうこれ以上借りられないところまできてるんだ」

黒田は、カーテンを少し開けて、外の気配を窺《うかが》った。視線は、鈴本の部屋がある辺《あた》り。

「どこその宣伝部長の息子が大学に入ったから、祝い金二〇万。あのスポンサーの広報室長が海外出張に行くから、餞別《せんべつ》一〇万。誰それの母親が亡くなったから香典三〇万。ビールメーカーが創立百周年のイベントをやるから、担当者に協賛金四〇万……そういう汚い方法で、それで仕事を獲ってきた」

突然、何を言い出すのだろう。滝沢は混乱した。

「そんなこと、続くわけないですよ」

「そうだ。続くわけがない。実際、今度のＣＭが最後の仕事だ」

「エ？ 本当ですか」

「夜中でも取り立て屋が家に来るから、かみさんは恐怖を感じて、娘を連れて一カ月前に家を出て行った。会社にも取り立てに来るから、経理からも白い眼で見られてる。もう終わりだ。終わりなんだよ。その鬱憤《うっぷん》をお前にぶつけてたんだ」

知らなかった。黒田がそんな悲惨な状況にあったとは。何か訳ありだとは思っていたが……

バドワイザーが喉を通らなかった。完全に思考が停止した。

黒田は、窓から離れると、再びベッドに腰を下ろした。

「山地のねじくれた性格だって同じだよ」

「……」

「山地も写真が撮りたくて撮りたくて、最初は制作でオルコに入ったんだ」

「聞いたことがあります」

「入社二、三年後に化粧品の一五段《じゅうごだん》新聞広告の撮影があった。ブツ撮りに定評のある有名キャメラマンと同時に、山地も撮った。六本木のスタジオで……採用されたのは、山地が撮ったスチールだった。撮影に立ち会わなかったスポンサーは、純粋に山地のスチールを選んだんだ。だけど、撮影者の名前は、有名キャメラマンの名前になってた……」

「……なぜですか？」

「山地が撮ったんじゃ、高額なギャラを請求できないだろ」

「でも、山地さんだって素人じゃないんだし、現にスチール・キャメラマンとして会社に採用されたわけですから……」

「ウチみたいな代理店の人間が撮ったスチールに、スポンサーが大金を払うわけないだろう。社員でいいんだったら、ウチはいくらでもタダで撮りますよっていう代理店は、ごまんとあるんだぞ」

「でも……」

「プロダクションが過酷な競争をさせられるように、代理店だって鵜《う》の目鷹《めたか》の目《め》で、獲物を狙っているんだよ。ハイエナみたいにな」

「……」

「それ以後、山地はスチールに熱意を失って、営業に回されてからは、徹底しておべんちゃらを言うようになったんだ。見てて分かるだろう。その代わり、下の者にはとんでもなく高飛車に出る。性格が歪んじゃったんだよ。俺と同じで……」

黒田が空になったバドワイザーの缶を、部屋の隅にあるゴミ箱めがけて投げた。缶は、ゴミ箱の手前に落ちて転がった。

滝沢は打ちのめされて、自分の部屋に戻った。

——人生いろいろ　男もいろいろ——

三カ月前に砧《きぬた》の撮影所・第三ステージで撮影したベテラン女性演歌歌手の澄み渡った歌声が、頭の中で渦巻いていた……

十五　ヒビルズ　オーシャン

ライトアップされた夜のプールは、光に包まれたステージだった。古代西洋の劇場に似たライオンの噴水や、彫刻が施されたバルコニーの大理石の柱が、黄金色《こがねいろ》に輝いている。

三つあるバルコニーの下にはジャグジーがあった。緑の壁から突き出たバルコニーの縁《ふち》から、小さな滝が流れている。厚手のカーテンのように整った滝は、ライトグリーンの光となって、階段状の壁面を流れ落ちている。

クロールからバック、バックからブレストと、ゆっくり泳ぎを変えながら、プールを一周した。泳いでいる自分の身体が水中のライトを受けて、夜光虫をまとったように光っている。もう夜中の一二時を過ぎているだろう。月が出ていた。月は冷たく青く輝いている。

滝沢は身体が冷えてきたのを感じて、泳ぐのを止めた。プールサイドにあるバルコニー下のジャグジーに入る。二坪《ふたつぼ》ほどで六角形のジャグジーは、ジェットを噴き出していて温かかった。ゴーグルを外し、ジャグジーの浅い階段で手足を伸ばし、眼を閉じる。

筋肉が温かさの中でほぐれていく。ジェットの泡の噴き出し音が他の音を掻き消し、夜の暗さが滝沢の精神を落ち着かせる。星は優しく小さく輝いている。

ライトアップされた場所以外は、ひっそりと闇の中に息を潜め、生き物の気配はない。全身が温まってきて、意識が遠のいていく。

「ワタシも入ろうかな……」

目の前にバイオレットのムームーを着た女が立っていた。スラリとした長身は、顔を小さく感じさせる。

「眠れないのよ。ワタシも……」

麗子は、滝沢の顔の近くでしゃがみ込んだ。湯上りのシャンプーとリンスの匂いがした。

「入ってもいい？」

「どうぞ」

麗子は、立ち上がると、ムームーをたくし上げた。滝沢は息をのんだ。麗子はムームーの下には何も着けていなかった。くびれたウエストと、豊かな腰が目の前にあった。

滝沢は、慌てて身体を起こし、ジャグジーの中の階段に腰を掛け直した。滝沢の目の前を、麗子がゆっくり歩いて行く。水着の跡が残る盛り上がった尻が、水をはじいて輝いていた。

麗子は、ジャグジーの端まで行くと、滝沢の方へ向き直った。ジャグジーの深さは、麗子の太腿までしかない。広く感じられる下腹部の底に、黒い繁みがあった。真っ白い桃のような乳房が、月の明かりを受けてせり出している。

麗子が、身体をジャグジーに沈めながらつぶやいた。

「……アイルビ　アナメリカン」

「エ?」

「アイ、ウィル、ビ、アナメリカン」

「決めたの?」

「ウン、ワタシ、本当は二五歳なんだ」

「知ってたよ。出発前、全員のパスポートの有効期限を確かめたし、AIU《エーアイユー》で保険かけたから……」

「ア、そうか……二二歳っていうのは仕事上の年齢なんだ。二五歳だとこういう仕事もだんだんできなくなってくるしネ。パパと一緒にアメリカに行って、アメリカ国籍を取ることに決めたんだ」

「そうか。アメリカ人になるのか……」

「日本人でいたほうがよかったと思う?」

「イヤ、よく解らない」

「……サヨナラ、日本人。サヨナラ、日本……」

麗子はジャグジーの縁を枕にして、仰向けに身体を伸ばした。左足の裏を滝沢に向ける。

「見て。名誉の負傷……」

左足の裏一面に細かい傷がついていた。足裏をバイバイするように左右に振る。はずみで左脚の付け根まで見えた。滝沢は視線を逸《そ》らした。月明かりに浮かんだ麗子の身体は、人魚のようだった……


最終日も、長嶋はヒビルと一緒に、出発時刻の三〇分前にホテルに迎えに来た。チェックアウトを終えたロケスタッフが、ホテルスタッフと一緒に荷物をロケバスに積み込んでいく。黒田も無言で自分の荷物をバスに積み込んだ。

滝沢は全員分の支払いをＴＣで済ませた。出発の準備が整った。

片腕の白人フロントマネジャーが滝沢に近付いてくると、ロケ隊は一五分ほど時間がさけるか、と英語で聞いてきた。滝沢が時間はあると答えると、マネジャーは、最後にコーヒーをごちそうしたいと言った。

ウェルカムドリンク？ 滝沢が冗談っぽく聞くと、マネジャーは笑いながら答えた。

——そうさ、先にサービスしておくんだ、何年か先のウェルカムドリンクをネ——

コーヒーを飲み終って、ロケスタッフは、エントランスでホテルスタッフと記念撮影をした。

シャッターを切ったホテルスタッフに代わって、辰巳が一眼レフを構える。

「隊長、この集合写真のギャラは別に請求するからな」

「おお、怖《こ》わ」

滝沢の答えに笑いが弾けた。辰巳が前後に動きながらシャッターを切った。

「モデルがモデルだからこんなとこだろ」

ハハハハハ……みんなの顔がほころんだ。

「シーユー」

「テイクイットイージィ」

「テイクケアオブユアセルフ」

ロケスタッフがマネジャー、ベルマン、ドアマンと握手を交わしながら、ロケバスに乗り込んだ。滝沢はレンタカーの赤いシボレーの運転席に座る。華氏《かし》八二度の気温も、左ハンドルも気にならなくなっていた……

長めのクラクションを鳴らして、ロケバスが動き始めた。滝沢もゆっくりシボレーを発進させる。

ロケバスのストップランプが点いた。停止したロケバスのドアが開く。誰か忘れ物でもしたのだろうか——

ロケバスから降りてきたのは、ヒビルだった。ヒビルは走ってくると、助手席の窓を開けた滝沢に聞いた。

「こっちに乗ってもいい？」

「オフコース、ノウプロブレン！」

両手を広げて大袈裟に答えた滝沢の言葉に、ヒビルは笑いながら乗り込んできた。

ロケバスが再び動き始めた。滝沢もシボレーを走らせる。ルームミラーを見ると、ホテルマンたちが道路に出て手を振っているのが見えた。滝沢も窓から腕を出して手を振った。

ロケバスが青空の下を走っていく。信号のない道路が、海岸沿いに真っ直ぐに延びている。硬そうな緑の葉をつけた樹木が、次々に後ろに流れていく。ククイ。バニヤンツリー。細長い葉をつけた艶《つや》のある枝の先に、ピンクや白の可憐な花が咲いていた。

「プルメリアだよ」

「プルメリアだけは知ってる」

「ハワイ語だとプア・マリア。甘くいい香りがするから、レイフラワーとして一番人気があるんだ」

「そうか……空港の売店で一個、買って帰ろう」

海岸近くの海では、一羽の大きな海鳥が、上空から真っ逆さまに海に飛び込むのが見えた。ダイブした瞬間、水飛沫《みずしぶき》が上がった。ヒビルが短く口笛を吹く。

「アーだよ」

「アー？」

「ウン、日本語だと、カツオ、カツオトリ？」

「カツオドリ。上空から海にダイブして魚を獲るんだろ」

「そうだよ。一羽で海岸近くを飛びながら、獲物を探していることが多いんだ」

「まるで誰かさんみたいだな」

フフフ——ヒビルが少し恥ずかしそうに、少し嬉しそうに笑った。

窓を全開にしたシボレーは、四〇マイルのスピードで、海の見える風景を気持ちよく後ろへ移動させていく。

「ラジオを聴いてもいい？」

「いいよ」

ヒビルがカーラジオのスイッチを入れる。

……イッツ　ウィルビ　レイニン　ハード……

女性の声で天気予報が聞こえた。

「ひどい雨になるって」

「よかった。撮影中に降らなくて」

「ミュージックカセットを聴かせて」

「いいよ」

ヒビルがモードスイッチを切り替えた。

静かにイントロのギターが立ち上がる。ロックテイストなのに、どこか哀愁を帯びたメロディー。低い音から高い音へと高まっていくストリングス。何本ものギターが重なっていくアルペジオ……島の景色や風を音で表現するとこうなるのだろうか。澄みきったギターソロがツインギターの華やかな音色へと乗り移る。「ホテル・カリフォルニア」……

ダン・ダン・ダン！弾けるドラム！絞り出すようなハスキーボイス！スラング交じりの英語。

～暗い砂漠のハイウェイ～

～冷たい風が私の髪をとかす～

悲しいまでの歌唱……

二人とも黙り込んだ。曲だけが流れる。ヒビルは横を向いて海を見ている。もうすぐお別れだ。ヒビルと過ごした数日間は幻のような気がする……幻想？空想？白日夢？

「イルカだ！」

海を眺めていたヒビルが声を上げた。

見ると、海岸に近い海を数頭のイルカがジャンプしていた。青く明るい海から、イルカは嬉しそうに大きく空中へ飛び出し、弧を描いて海へ落下していく。白い波を縫うようにしてイルカはジャンプを繰り返した。イルカは糸で操られているかのように、揃って舞い上がる。

突如、手前のイルカがヒビルになった。ヒビルが青い海からジャンプする。ヒビルは少しはにかみながら、弧を描いて海へ戻っていった。近くへ行けば透き通っているはずの青い海水の中に。白い泡のような波の中に。砂漠のような亜麻色の海底に。透明な水色から紺碧《こんぺき》までの無限の海に……

目の前いっぱいに海が横たわっていた。海はゆったりと揺れて屈託《くったく》がない。

どこまでも続く青い海はヒビルの海だった……

参考文献

各種ホームページ多数

引　用

「この世の花」　西條八十作詞　昭和三〇年（一九五五）作品
「からたち日記」　西沢　爽作詞　昭和三三年（一九五八）作品
「春の小川」　高野辰之作詞　大正元年（一九一二）発表

後書き

私は昭和五一年に大学を卒業し、CMの世界へ飛び込みました。本当は本編（劇場公開映画）へ進みたかったのですが、日活の助監督試験に落ち、テレビドラマを制作している数社の入社試験に落ち、東京のCMプロダクションの一社だけが採用してくれました。

以来、社員数一四名という小さなCMプロダクションで、昭和六四年（平成元年）に猪苗代町にUターンするまで、CM制作の仕事をしました。

Uターンしてからも、郡山市のCMプロダクションで、CM制作の仕事をしたのですが、ナショナルクライアント（全国規模のスポンサー）のCMと、ローカルクライアント（地方規模のスポンサー）のCMとでは、全く別物と言っていいぐらい、何もかもが違いました。スポンサーの意識、宣伝部の有り無し、広告代理店の理解度・力量、プロダクションの実力、予算、日程など比較にならないほどの違いがあります。

東京時代に若さゆえの体力・気力だけで、全国規模のCMに携われたことは、きつく苦しい反面、貴重な経験を積むいい機会となりました。あの苦難の日々が、以後の私の糧となっているように思われるのです。

この作品では、これまで差し障りがあって書けなかった物語を、箍《たが》が外れたように一気に書き上げました。フィクションではあるものの、自分が経験したことが次から次に甦ってきて、あっという間に四〇数年前に題材をとった一篇となりました。

読んでいただいた方には、昔のＣＭ制作の実情と裏側、輝く面と暗部の両面を知っていただければ幸いです。

今回の作品も、表紙イラストと装丁は斎藤志登美さんにお願いし、広告に関する助言を、金本淳一さんからいただきました。

発刊に当たっては、歴史春秋社・植村圭子出版部長に大変お世話になりました。さらに本作品では、ＪＡＳＲＡＣへの申請も行っていただき、お手を煩わせました。

厚く御礼申し上げます。ありがとうございました。

第一稿でこの後書きを書き終えた時に、右も左も解らない私の新人時代から、四〇年以上に渡って懇意にしてもらった、町田のムービー・キャメラマン、齋藤定男さんの訃報が届きました。言葉になりません。改めて齋藤定男さんの御冥福を祈ります。

令和六年一月

高見沢　功

著者略歴

高見沢　功（たかみざわ・いさお）

昭和29年（1954）
静岡県沼津市生まれ。２歳のとき福島県猪苗代町に移る

昭和47年（1972）
福島県立会津高等学校卒業

昭和51年（1976）
日本大学芸術学部映画学科監督コース卒業
東京のＣＭ制作会社、三木鶏郎企画研究所・トリプロ入社

平成元年（1989）
猪苗代町にUターン。郡山市のＣＭ制作会社・バウハウス入社

平成８年（1996）
『長女・涼子』で福島県文学賞小説部門・奨励賞

平成９年（1997）
『地方御家人《ぢかたごけにん》』で福島県文学賞小説部門・準賞

平成10年（1998）
『十字架《クルス》』で福島県文学賞小説部門・文学賞

平成16年（2004）
ＣＭ制作会社・有限会社アクト設立、代表に就任

平成22年度・23年度福島県文学賞小説部門・企画委員
平成24年度～令和５年度福島県文学賞小説部門・審査委員

著書に『十字架《クルス》』
『オンテンバール八重（小説版）』
『オンテンバール八重（コミック版原作）』
『白虎隊・青春群像　～白雲の空に浮かべる～』
『白虎隊物語　綺羅星のごとく（コミック版原作）』
『只見川』
『五色沼』
『大逆転　～渋沢栄一・炎の青春～』
『大波乱　～渋沢栄一・海を渡る～』
『棲家求めて　～保科正之・若かりし日々～』

日比留《ひびる》の海

2024年２月26日　初版発行

著　者　高見沢　功

発行者　阿 部　隆 一

発行所　歴史春秋出版株式会社
〒965-0842　福島県会津若松市門田町中野大道東8-1
電話　0242-26-6567

印　刷　北日本印刷株式会社

製　本　有限会社羽賀製本所

JASRAC 出 2310023-301

Printed in Japan ISBN 978-4-86762-038-0